让阅读走心
让阅历丰盛

问黑白

谁的青春在徘徊？

谢卓明　史晋——著

北京联合出版公司
Beijing United Publishing Co.,Ltd.

图书在版编目（CIP）数据

问黑白 / 谢卓明，史晋著 . —北京：北京联合出版公司，2020.6

ISBN 978-7-5596-3918-9

Ⅰ . ①问… Ⅱ . ①谢… ②史… Ⅲ . ①长篇小说—中国—当代 Ⅳ . ① I247.5

中国版本图书馆 CIP 数据核字（2020）第 012296 号

问黑白

作　　者：谢卓明　史　晋

选题策划：北京时代光华图书有限公司

责任编辑：徐　鹏

特约编辑：李艳玲

封面设计：新艺书文化

北京联合出版公司出版

（北京市西城区德外大街 83 号楼 9 层　　100088）

北京时代光华图书有限公司发行

北京晨旭印刷厂印刷　　新华书店经销

字数 192 千字　　880 毫米 ×1230 毫米　　1/32　　9 印张

2020 年 6 月第 1 版　　2020 年 6 月第 1 次印刷

ISBN 978-7-5596-3918-9

定价：45.00 元

谨以此书

献给苏

以及所有在环游中国期间曾帮助过我的朋友

感谢简书、行距文化及贰阅心理编辑们的辛勤付出

文中出现的列车班次，

均为我在 2016 年环游中国期间的班次。

中国铁路发展实在太快，

时隔几年，部分线路已经变更或调整，

请以实际铁路线路为准。

目录

Contents

启程

Launch

鼓起勇气走出家门离家出走，我没这胆量，我只是去环游中国。

当我把家门关上，我站在家门口整整一分钟。

在我面前，是我熟悉的家，里面有我摸黑也能打开的冰箱、电视机、电脑以及各种开关。

冰箱基本是空的，一瓶冰水是固定的存在，我会在半夜惊醒后去喝一口冰水压压惊，这是我多年的习惯，以致我的肠胃一直不甚良好。

电视机即使打开了，也只会播放新闻频道，我很少会换台，电视机发出的声音只是作为日常生活背景，并不意味着我有多关注这个世界。

电脑是我的求生工具，经常用来办公，偶尔用来看小电影，除此之外，我并不太热衷于社交网络。

固定的几个好朋友，他们都知道我不爱用网络社交工具，和我联系的方式，要么面对面，要么电话，偶尔会有那么几条不痛不痒的短信，谈的也是琐碎的日常，诸如什么时候找个女朋友之类的。

他们总说我是一个生活在现代社会的原始人，我觉得这是对我的褒赞。

在家里，我最喜欢的，应该是门后还散发着余热的床。

有无数螨虫的枕头，是我和这个真实的世界暂别的巢穴，我在里面孵化着一个又一个的梦，有的长出腿自个儿跑掉，有的半路死了，更多的半死不活的，像我一样过着深居简出的生活。

从梦里醒来之后，洗漱清醒之前，是我称为“临床孤独”的时刻。这时候，厚厚的窗帘还没打开，房间还是完全黑暗的，我会起身，挪到一张深褐色的单人沙发上，披上有点粗糙的羊毛毯，打开放在沙发旁的落地灯，用一种很安全的姿势审阅我的梦。

落地灯的灯光很暗，比三只萤火虫亮，又比五只萤火虫暗，我故意用一种很罕见的低瓦数灯泡来营造氛围，我怕光太亮会把我的梦驱散，我怕光太暗又照不进我的梦。

• • • •

回味每一个夜晚所做的梦，是我一整天里最重要的事情。不然，我们每天浪费近三分之一的时光在床上，却对梦里发生的一切不理不睬，假装什么都没有发生，或者假装这一切都是假的，我不知道，这样子是否对得起自己三分之一的人生。

思考自己的梦，探索自己的梦，通常是件很孤独的事情，我们可以分享很多事情，例如美食、玩乐、性爱。可是，梦，是我们唯一不能分享的事情。

我通常在这“临床孤独”的十来分钟里，趁自己将醒未醒之际，尽可能地记住梦里发生的事情，哪怕是把我从深夜里惊醒的噩梦，我也会重温一遍。

有时候遇到有意思的梦，我还会拿出小本子尽量记下来。

更有意思的是，当它们从虚幻的世界滑落到现实的小本子上时，都会被我冠上一个某某城的名字。一来，这是我对钱钟书先生的致敬；二来，每一个发生在梦里的故事，难道不就是《围城》所说的那样“里面的人想出去，外面的人想进来”吗？

梦，何尝不是只属于一个人的围城。

只是，最终能被记录下来的梦，大多片面且零碎。有科学研究表明，起床后的五分钟，是记录自己的梦的最关键时刻，过了这五分钟，就再也记不得了，我所有的挣扎，也仅仅能维持五分钟。

这样的事实，很能代表我们充满讽刺的人生。

大部分人的大部分肮脏不堪的回忆，偏偏能让我们深深地记住一辈子；而大部分人的小部分伤痕累累的记忆，无论如何使劲也无法从脑海里驱除。

我不知道梦里发生的事情到底有多重要，或者多不重要，才让我们下意识里选择了自动删除。

大概是，我的讽刺的人生也是所有人的人生。用来记录梦的小本子，虽然已经放满了大半个书架，可我从来没有翻阅过它们，一次也没有。

• • • •

一个月之前，用来赐予我“临床孤独”的灯泡烧了，烧得乌黑的钨丝分崩离析，里面明明有一座光明的桥，现在却像经历了世界大战般惨不忍睹。

这种灯泡太老、太久，也太容易坏，卖我灯泡的五金店老板告诉我，上次卖给我的灯泡已经是最后一颗，早就停产了，没货了。

他推荐我用最新款的节能灯，省电，一个月才用一度电，也比老的灯泡要亮十倍。他说这句话的时候，把十个手指头也伸了出来。我说亮十倍是什么概念，他把节能灯从盒子里拿出来，在手上晃了晃对我说：“你看，不用钨丝，不会烧坏。”

随后，他把灯在一个空的插座拧上，打开开关，瞬间，一个微型的太阳让我差点睁不开眼。我赶紧让他关上，他笑了笑，说：“这东西好，经济实惠。现在哪有人还用那种老式钨丝灯泡，多不环保啊。”

我不耐烦地说：“附近其他五金店还有那款灯泡吗？”

老板听了有点不爽，不太乐意回答，让我自己去找找看。

那一天，我用了一整天的时间，找了很多家五金店，可是没有一家店有卖。

一家五金店的老板告诉我，最后几个也在前不久被一个人全部买走了。

“你来晚了，最后几个早就卖掉了。这几个灯泡，在这里存了快 10 年了。”老板说，“你干吗非要用那种灯泡，你换个灯不就好了嘛，多简单。”

拖着走了一天已经疲惫不堪的身子，我懒得回答，随手买了个原先老板推荐的新款节能灯泡回到家里，无可奈何地装上。

第二天起床，我正准备享受我的“临床孤独”，没想到灯一打开，房间内所有的黑暗都被打散。小小的房间内，强烈的灯光不断地反射再反射，从沙发上反射到天花板上，又从天花板反射到床上，再从床上反射到任何一个本应该保持黑暗的角落。突如其来的亮光，一下子把我的梦打得粉碎性骨折。不，应该说，直接火化了，像掉落在太阳的流星，连影都没看见就没了。

• • • •

从那天起，我再也没法记录我自己的梦，我失去了记录梦的能力。

我无能为力地看着书柜里的小本子，我感觉它们就像一头头用梦来哺乳的怪兽，被我喂得肥肥白白，从一头到两头到三头到很多很多头，它们躺在书架上，日日夜夜，虎视眈眈地看着我，静待着机会，把我一口吞掉。

我心慌烦躁，头顶直冒冷汗，就像身体里某个器官被抽掉一样，源源不断的空虚感和无力感爬满全身。

也是从那一天起，我没办法认真地工作和生活。梦是我用来窥探真实的世界的眼睛，可是，从失去记录梦的能力的那一天开始，我便成了一个真正的盲人。

我再也分辨不出世界的对错，我再也分辨不出感情的真假，失去了反思自我的能力，我连我自己是谁也分不清了。

有次朋友聚会，我鼓起勇气，小心翼翼地对他们倾诉——大概没有人认为是烦恼的烦恼。没想到，他们一致觉得我得了心理疾病。

“谁会没事记录自己的梦，这是病，得治。”有的人嘻嘻哈哈地说。

难得的勇敢，没获得拯救，反而被讽刺得溃不成军。

那天聚会还没结束，我就落荒而逃，他们要是说错了，我大概也知道了所谓的友谊。可要是他们说对了，那怎么办？我不敢想这个问题。

• • • •

就在我即将“罢工”快一个月的时候，一条手机短信惊醒了我沉睡已久的生活。我在床上点开，一个叫史晋的家伙，说是我朋友介绍的心理咨询师，他说他可以帮助我：“你朋友说你是个有意思的怪人。说你和现实里的大部分人不同，而又说不出到底哪儿有什么不同。而我更关心的是，那位朋友说，你热衷于睡觉，而且喜欢做梦。出于对这点的好奇，我想，作为梦境解读师的我应该会对你有点帮助。”

在失去记录梦的能力之后，我失去了面对一个陌生人的耐心，我冷冷地回他：“他们说得对，可我付不起昂贵的心理咨询费。”

就在我以为他会就此打住的时候，他回了我无法反驳的三个字：“免费的。”

出于好奇和无聊，我和他开启了简单的交流，我把我的情况告诉他之后，他隔了很久才回我消息，我有预感，接下来我听到的都是我不愿意听的。

没想到，他却怂恿我："出门走走吧，旅行也好，出差也罢，总之，离开你自己的家。然后，到陌生的地方去做梦，这会帮你找回记录梦的力量和源泉。可以的话，写写日记，记录下你的生活和梦境，喜悦或痛苦，喧哗或安宁，你可以放心地把它们交给我，就像把钱存到银行里。你把你的梦告诉给我，我对你的梦境进行的解读，就是付给你的利息。你不敢面对的，我和你一起面对。沉溺于虚无的梦，绝对不是一条出路。爱做梦和记录梦都没有问题，有问题的不是你的生活的投射，而是梦境的本源——生活。"

他没有给我下确诊通知书，却一针见血地告诉了我病因，让我难以消化。

我以为，我想摆脱的是黑夜与白天，我想拯救的是自以为是的时光。可是，沉迷在这无止境的梦里，反而让我真实世界的生活一塌糊涂。

• • • •

家里的床就是一个陷阱，太完美的陷阱，温暖、舒适、安全，在里面产生的欲望和依存对没有控制能力的人来说，简直就是一个完美的噩梦。它记录下我每一种睡眠的姿势，每一下呼吸的动静，它比我更了解我自己。

我害怕，这张床最终会把我埋葬在虚无之中。

考虑再三，我听了史晋的话，决定逃离这个家，用不安定的旅行来戒除我对安稳生活的自我麻醉。

这样的旅行，不能是三五天的短途旅行，那只能隔靴搔痒。

我要的是一趟足够遥远、漫长且艰辛的旅程，只有硬朗的现实，才能抵抗源源不断的空虚和孤独。

同时，我决定把这趟漫长的旅程和梦境都记录下来，全交给史晋。我就像病入膏肓的病人，赤裸裸地躺在手术台上，已谈不上什么尊严和隐私，倒不如痛痛快快地把自己一点点地剖开，看看空虚的我到底还剩下什么。

• • • •

6月的清晨，气温却透着一丝清凉，我站在家门口，握着门把，一直没有松开。

门有点旧，关起来有点费劲，每次合上的时候都会发出巨大的响声。我怕会吵到邻居，于是小心翼翼地让门与门框的接触尽可能地温柔。我不知道天堂的大门关上的时候有没有声音，如果有，那应该和我关门时候发出的声音差不多吧。

我真的要离开了。这个熟悉的家。

这个地方，从现在开始，只能称作房子，而不能叫家。

一个没有家的人如何离家出走，我想，那只能叫环游中国吧。

上海
Shanghai

清晨的上海，路上没多少行人。背着登山包，穿梭在各个角落，在这座人来人往的城市里，再正常不过。

我背着一个 60 升的登山包，里面装满了这趟环游中国的行李，小到指甲刀、牙签，大到睡袋、羽绒服。我不知道这趟旅程要走多久，所以我把一年四季的衣物都准备好，家里的衣柜基本上被我清空了。说是清空，其实只是种夸张说法，不爱社交的我，压根就不需要太多不必要的衣服。

登山包很大，也很重，起码有 30 斤以上。当我把全部家当装进这个登山包的时候，我的家，也随着行李一起被打包进去。

天色还没完全透亮，昨夜下的雨还浸染着大街小巷，徒步鞋是防水的，点点滴滴的水花溅到鞋子上，被我轻轻踢走。赶路的人，脚上永远生着风。

从家到地铁站不远，我还没适应沉重的登山包，走起来有点吃力。路上的行人经过我身旁时，偶尔瞄我一眼就继续向前，仿佛在说，噢，又是一个来上海旅行的人。

冷漠，就像正在蒸发的雨水，弥漫在这座无边的城市里，仿佛是每一个沉溺其中的人的护身符。大概，这就是大城市的命运和通病。

• • • •

除去这一点，上海固然很好，物质丰饶，交通便利，机会无数，去全世界任何一个角落都很方便。它曾赐予我扎实并安稳的工作，可是，每次我拿到薪水后，看着铺天盖地的广告，却没有一点消费的欲望。

每个月，除了交房租水电燃气网费，每天吃喝通行所必须花的钱之外，我把赚到的钱都存到银行里，和以前的存款一起，在一个我看不见的地方繁衍生息。

这点钱虽然不少，但还不够我在上海买房子付首付。可是，一年的房租，我还是有的。

在我出行的前几天，我把一年的房租全部汇给了房东，随后，我发了条短信给房东，写道：我刚提前付了一年的房租。房东只回了两个字：好的。

房东是个怕麻烦的人，从来不来看自己的房子。只要我正常交租，她从来不多管闲事，像我这种已经住了 5 年的老租客，她对我很放心。除了交房租的时候知会一下她，其余时间，我几乎不会骚扰她。

这一点，我们心底里都很欣赏彼此。冷漠，有时候偷偷给我换回些许自由呼吸的空间。

我算了一下，环游中国的路费只要精打细算，走一年也是绰绰有余的，即便我不知道，为了治愈自己到底需要行走多久。

作为一个外地人，在上海打拼了这么多年，直到离开，唯一留给自己在上海的存在意义，也就仅剩这点钱了。

• • • •

上了地铁，钻进了漆黑的隧道，列车往上海南站的方向开。初夏，空调开得太给力，我穿着短袖，感觉冷飕飕。我把登山包放在身边，用来阻挡从车头吹向车尾的冷风，它们像是有意识地挑选我这种形单影只的人下手，把我的衣服吹皱，再抚平，一点点把我身上的热量拐走。

车上的人不多，还没到上班高峰期，车上多的是座位，我想起平时上班的时候，想找个座位几乎是一件不可能的事，就在我逃离这座城市之际，这座城市终于贡献出一点点美好，像是无言的欢送。

到达上海南站，买了车票，坐上了长途汽车。工作日，出行的人不多，车上零零星星地只坐了不到十个人。

我喜欢靠窗的位置，在车上看了一圈，我选择中间靠右窗的位置，刚坐下没多久，一个穿得土气的老大爷上来了，他坐在了同排靠左窗的位置。老大爷一脸络腮胡，胡子有点脏，和他的短头发一比，显得不相称，我不是很乐意另外一侧也有人坐着，有点嫌弃他把我左边的风景给挡住了。

我知道自己有点不可理喻。可我不会说出口，就像很多想说出来的话，最终只会淹死在喉咙里一样。

所以，和我聊天的人，其实很幸运，因为你遇到的，每一句我说出口的话，都是一个“幸存者”。

• • • •

“你知道这班车几点到扬州吗？小兄弟。”老大爷转过头问我，他居然先开口。

“我也不知道，我没看。”这不是我嫌弃他而随口说，我是真的不知道。“我第一次坐这班车，他们说四个小时就可以到，运气不好的话，得要五六个小时。”他继续说。

“噢。”我淡淡地回答。

“上海的路太可怕了，车都比人多，我都不知道住在上海的人是怎么过日子的。”

“还是照样过呗，你该去北京看一下，那才叫堵。”我回过头，慵懒地跟他说。

“北京啊，我去过一次，那可是个不得了的城市，条条道路都直溜溜，东南西北，分工可明确了，可是交通也是糟糕得要命。对了，小兄弟，你是去扬州耍吗？”

“是的。”

“去扬州啊，记得要去富春茶社吃早饭喝喝茶，晚上再去澡堂子泡个澡。早上皮包水，晚上水包皮。我们扬州人，日子就是这样滋润地过的。”

“呵呵，难怪你的胡子也长得那么滋润。”当我听到水包皮的时候，我有点想笑，江南养人，大概胡子也一样好养。

“这胡子，倒不是在扬州长的，平时忙着四处打零工，顾不上打理这几根毛。一把年纪了，也不知道什么时候才能回扬州享清福。”老大爷自顾自地叹息道。

“这次回去，就该享清福了吧。”

“我也想，可是，我还有孙子要照顾。我的孙子和你差不多大，还在上大学。这次回去又得给他一笔生活费。这小子总糟蹋老子的钱，难得回去一次，车费都亏了……”

“现在的年轻人，花钱可不会手软。记得我工作之后，再没问父母要过一分钱。”

“哎，他也没有……”老大爷稍微停顿了一下，我看他咽了一口口水，粗大的喉结从下往上推，没把话推上来，反而把话给拉下去了。

“那是因为，他爸妈早就不在了。”

话说完，老大爷就把头扭了过去，假装看风景。

● ● ● ●

一会儿的工夫，车内重新恢复安静，就像平常的日子里，平静的时刻占了大多数。

车已经上了高架，在逐渐繁忙的路上飞驰。阳光下，老大爷的脸的轮廓显得特别清晰，穿过高楼，阳光不再直射车窗的时候，会把人脸反射在车窗上。

老大爷的脸，仿佛写满了沧桑的故事。

这不过是这世间千千万万个孤独的个体之一，在孤独面前，所有人都长一个模样，我知道，我也一样。

我们两个人坐着同一辆车，前往同一个目的地，各自向着车窗外张望，看着不一样的风景。

人生的终点就是死亡，而每个人路程上的风景都不一样，有的人看到壮丽的风光，有的人看到细碎的年华，有的人看到刹那的辉煌，我看到的，却是一大片模糊不清的玻璃。

• • • •

汽车开了好久才到达江苏扬州，从早上 8 点直到下午 1 点多，5 个多小时。我在颠簸的车上，睡得好漫长。

下车的时候，我发现老大爷早就不见，也许是中途下了车。

长途汽车站的旁边就是市里的公交车总站，我打开手机导航，搜索了一下，上了公交，前往我提前预订的青年旅社。

车里多是和我一样的旅客，拿着行李，从周边各个城市来到扬州。

车没多久就到达了目的地，可是还要走一段路，我背着重重的登山包，在扬州的老城区里面穿行。小巷横七竖八，我穿过了好几拨人群，在一个偏僻的角落找到了青旅。

我住的是男生多人间，房间里行李满地都是，可是一个人都没有，看来，他们都出去玩了。

我在最里面的下铺，放下行李，铺好床单被褥。

坐了大半天的车，有点累了，我深深呼了一口气之后，全身放松躺在床上。

青旅的床有点硬，躺下去，让我想起年少无知的高中时光。在学校里寄宿的日子，总是平静而繁忙。

学校宿舍里，冰冷的铁架上下铺，带着霉气的木板床，以及薄薄的被子、枕头。那时候我年轻，还没有被赋予思考未来的权利和能力。高中三年基本上是睡过去的，就像我现在躺在青旅的床上一样。

我为自己无知的过去，默默地笑出了声，可是，很快又恢复平静。

这里，就是我环游中国的第一个城市。这里，也是我第一张要睡的床。我有点兴奋，为这趟未知的旅程而兴奋，也为我今天晚上将要做的梦而兴奋，可是，我明明要逃离对梦的沉溺。

• • • •

我收拾了一下，走出房间，准备出去走走。

“要出去玩了吗？”前台的一个小不点姑娘看我要出门便问道。

“是的，有什么推荐的吗？”我问。

“来扬州啊，逛逛瘦西湖、个园、何园就差不多了。来，给你份地图，拿着。”前台小姑娘笑盈盈地递过来一份薄薄的地图，印刷很粗糙，上面几乎全是广告，“虽然现在有手机导航，可我还是喜欢用地图。拿在手上的感觉，比捧着一个冰冷的手机要好。”

“谢谢。可是，手机其实不冰凉，用久了它会发热的。”我对她笑了笑说。她不说话，只回了我一个意味深长的微笑，然后又低头忙活了。

这场面有点尴尬，我赶紧逃离。果然，我还是不太适应人与人之间的互动，即便是瞎扯一两句。住青旅，我完全是为了图便宜，这和那些希望通过住青旅结交天下的人，完全是相反的。我觉得，一个人，也蛮好的。

● ● ● ●

青旅到瘦西湖并不远，公交两三站就到了。我用我的假学生证，买了一张学生票走进去。当然，大家不能学我。

这个学生证，是我一个好朋友林麟送给我的。

“你要去环游中国，我不能陪你走，送你个假学生证。景点门票很贵，能省多少是多少，吃好住好，千万别亏待自己。”

我把印有我大头照的学生证拿在手上，郑重地签上了自己的名字，对他说了句谢谢。这份只值 20 块钱的礼物，比直接给我现金实在多了。

“你这趟要去多久，要去什么地方？”林麟问我。

“不知道，我没做太多打算，我想随性一点，也许几个月，也许一两年，也许几十个城市，也许几百个城市，说不准。”

“反正注意安全就是了。”他笑得很狡猾地递给我一盒安全套。

“去你的，这又不是猎艳之旅。”我一边笑一边把安全套收在包里。

我知道，连谈恋爱的欲望也没有的我，即便带上这东西，最终它也只会原封不动地绕中国一圈之后，完整地回到家中。

到了瘦西湖之后，下起了小雨点，烟花三月下扬州的景致，在夏初的 6 月，还是能体会到。

我一个人走着，杨柳、红花、野鸭、亭台、画舫，自然地闯入我的眼底，挡都挡不住。

游人不多，可我尽可能地躲着人群，在一些没有人的小路上走着。

在大清皇帝昔日的御道上，走出过多少段红尘喧嚣的故事。我不知道，也不在意。历史这东西，只有活着的人爱讨论，死去的人，早已不介意了吧。

• • • •

在二十四桥下，我找了个地方，坐下来休息。

我对扬州的理解，源自李白的著名诗句，曾经一句“故人西辞黄鹤楼，烟花三月下扬州”引得我对扬州这个地方有了很多遐想。烟花三月的扬州，到底有什么，到底有多美。从小，我就对扬州产生了浓烈的好奇心。

小时候还专门问过语文老师，老师说你长大之后，自己去看看吧。

在 28 岁之际，我终于来到了扬州，只是，年少时候的好奇心，如今已消去大半，很多小时候想弄懂的东西，现在似乎早已无关痛痒，28 岁的我看到的二十四桥还是二十四桥，并不会变成二十八桥。

傍晚的时候，我穿过了一整座瘦西湖，来到了有着 1500 多年历史的大明寺。

太阳即将落下去，大明寺也快关门了。我急匆匆地跑过去。怕错过了什么。

这座有过不同名字的寺庙，从隋唐的“栖灵寺”“西寺”到唐末的“秤平”，名字换了又换，和尚也换了一代又一代。

我喜欢佛法对世界和人生的解读，可我不喜欢焚香许愿。

我从不烧香，我也从不许愿，我不怕因此得罪佛祖，因为我对佛本来就无愿无求。

通常，在寺庙参观时，我只简单地双手合十参拜，就像看到一个老朋友，握个手，拥抱一下，大家寒暄几句，又各自归向各自的归程，你总不能向你的朋友下跪许愿，希望他赐予你大富大贵。可这道理，不是谁都懂。

正在我参观的时候，旁边年轻的师傅刚刚做完晚课，站起来伸了个懒腰。他手上被抚摸得油亮的佛珠串也跟随他一起，伸了个懒腰。

他打了个哈欠，说道：“这么晚才来寺庙啊。寺庙都快关门了。”

“可是佛祖不下班吧。”

“佛祖是不下班，可我们也要下班的。天黑了，山路可不好走了。”

“谢谢师傅指点。我也正准备回去呢。”我对着小师傅合十浅拜，这就是佛家人之间的握手礼。

“有机会早点过来，这里早上风光比较美。”师傅也对着我合十。

“有机会一定再来。”

“阿弥陀佛。”

“阿弥陀佛。”

• • • •

随便找个地方吃了份正宗的扬州炒饭后，回到青旅已是晚上8点。房间里面陆陆续续地装满了人。大部分和我一样，在扬州玩一两天，然后又去别的地方继续玩耍，有的把扬州当作旅行的最后一站，走完看完，就回家去了。

“这是我环游中国的第一站。”在和大家随便闲聊的时候，我说道。我发誓，我绝对没有任何炫耀的成分。

“哇，这么牛，你准备玩多久啊！”睡在我上铺的小毛孩把头探下来，眼睛瞪得贼大。

“不知道。才刚开始呢。”

“我也好想和你一样，出去走一圈。我刚考完试，只能抽点时间来这里玩几天，然后就得趁暑假回老家看爹妈去了。”

“回家看看也好的。以后出来玩，机会多的是。”在我斜对面的一个和我差不多年纪的瘦小伙子插嘴说道。

“可我不知道大学毕业后还有没有时间，我认识的那些师兄师姐，一毕业就忙得昏天暗地。”

“时间都是自己挤出来的。”我淡淡地说了一句。

“欸，大哥，那你是怎么挤时间的啊，快教教我。好让我毕业了以后也能像你一样走一路。”

看着他那闪闪发亮的眼睛，我淡淡地说：“我把工作给辞了。”

“那不行，我要是辞职去干这种事情，我妈得打死我了。”

全屋的人被这一句玩笑给“炸”了，大家都笑起来调侃这个还没长熟的孩子。

趁他们聊得火热的时候，我走进浴室洗了个澡。热水淋在身上，让一整天的疲惫得以舒缓，外面的欢声笑语被莲蓬头哗啦啦的水声覆盖，我把自己的身子伸展开来，让每一滴水都充分流过我的身体，带走不属于我的热闹。

洗完澡，我在青旅的楼顶阳台坐下来，吹着不浓不淡的夜风。夜市在附近正火热朝天地进行，亮艳的灯光把整个天幕照得发亮发烫。远远地，也能听到他们此起彼伏的吆喝声、砍价声、醉酒喧哗声。

● ● ● ●

雨水早就停了，可是阳台上面的水还没有散去。我听到有人踩着水坑向我走过来。

是下午送我地图的前台小姑娘，她提着一桶衣服准备晾晒。她穿着宽松的大码睡衣，短短的头发还挂着水滴，一看就是刚洗完澡。

“你也来晾衣服吗？”我明知故问地随口搭讪。

“是的，忙了一天终于可以休息一下，可这天气，怕半夜会下雨。”她一边说，一边把衣服挂在像蜘蛛网一样的晾衣绳上。绳子上挂满了床单被罩还有住客的衣物，男生土气的内裤和女生精致的内衣就只相差几厘米的距离，大家丝毫不在意这种看不见的亲密关系。

“下雨也没办法，除非把衣服晾到房间里面去。”

“那可不行，衣服这么潮湿，再加上这江南的天气，房间里水汽太多对身体不好。”

“那你们为什么不在楼顶盖一个雨棚，这样下雨也不怕衣服被打湿。”

“有想过，可是，这样子，那就连看星星的机会都没有了。”

“你们老板也太浪漫主义了，得改改。”我说。

她笑着把最后一件内衣在空气中抖了抖，挂上，夹上夹子，向我说道：“我就是老板啊！”

我有点不好意思，一瞬间，空气里除了水汽，还有看不见的尴尬。

“别人也经常这样说我的，说我开青旅就少点浪漫主义理想主义。可我就是这样子，开了好几年青旅，钱到没赚多少，倒是天天遇到各种奇葩的客人，气得我上蹿下跳的。”

说着，她就在我面前蹦蹦跳跳地展示她如何上蹿下跳，把身边的衣服撞得晃来晃去，我也被她这种傻大姐的天真烂漫性格给逗乐了。

一不小心，她把刚挂上的胸罩蹭落到地上，而她还在一个劲地瞎乐，我只好走过去，弯腰把胸罩捡了起来。

“别跳了，你胸罩都掉下来了。”

她马上停下来用双手捂着胸，像给自己检查乳腺一样上下左右摸了一下，发现胸罩还系在身上后，松了一口气，可是，她马上看到我手上正拿着的她的胸罩。我不知道是周边灯光的关系，还是她真的害羞了，总之，她的脸一下子蹿红了。

她迅速地拿走我手上的胸罩，然后重新抖了抖挂回晾衣绳上，假装什么事情都没有发生。

“谢谢你。”她突然变得很害羞，如果之前是一个傻大姐，那现在，她应该回到了少女时代。

我转过头，目光继续回到远方，虽然周边也没什么好看的，可是继续和她四目相对好像不太合适。

“今天是我环游中国的第一天。遇见你很高兴。”我对着空气说话，但我知道她听得到。

“环游中国？真的啊！这么厉害。”她一下子又恢复到傻大姐的鸡血状态，蹦跳到我的身边，和我一起站着。

她很认真地看着我。

“嗯。可我明天就走了。”

“这么快，不在扬州多待几天吗？扬州还有很多好玩的呢，京杭大运河啊，扬州大学啊，你都去了吗？”

“我已经订好了明天下午的车票，明天就要去别的城市了。旅行又不是定居，和体验有关，和时间无关。差不多就得了，不能太丰满，得留点儿白。”

“这话倒是真的，起码，给自己留个重来扬州的借口。只是，为什么有趣的人都走得那么快，真可惜。”她手扶着阳台的栏杆，像伸懒腰一样。

我扭过头，看着她。夜风吹过来，她利索的短发随风打转，只是不知道她是不是比较操劳，皮肤并不是太好，有点小眼袋，看得出来休息不是很好。

“一点都不可惜，你可以少应付一个糟糕的客人，多休息一会儿。”

“不麻烦不麻烦，怎么会麻烦呢。”她转过身来跟我说。

“你别看我开青旅好像很累的样子，可每次听到别人讲他们旅程的故事，我就两眼发亮，我特喜欢听他们的故事。”

“你自己也可以出去玩，你也可以拥有属于自己的故事。”

“我也想，可是，我没办法……”她没有再说话，就像今天在车上遇到的老大爷，各有各的不为人知的故事。

我不是个爱乱打听别人故事的人，我没有追问。

“你叫谢已是吧，这名字好特别。”她换了个话题。

“对的，你怎么知道。”

“你真笨啊，我是老板，谁住我家青旅我怎么会不知道！”

“也是，你长得太和谐了，一点都不觉得像一个老板的样子。”

“这话是夸我呢还是损我啊。”

“你猜。”

“你这人也太坏了。”

“那我该怎么称呼你？”

“我叫王之望，你可以叫我小望。”

“小望？小汪？小汪汪？哈哈。”

“去去去快去死。”

“哈哈哈哈。”

• • • •

第一个出行的夜晚，抬头没有星星，但这样的夜晚，不知道为什么还是很灿烂。

难得会像今天一样，能和这么多陌生人聊天。我是一个沉默的人，作为热衷沉默的少数，我很清楚地知道沉默的自省才是我力量的来源。也正是这种沉默的力量，最终敦促我走出家门，直面外面的世界。

只是，沉默有时候会给我带来过分的清醒。

我讨厌这种遗世独立、孤芳自赏的清醒。

碎城

Suicheng

我的梦，总是以旅行的方式进行，一座城市紧连着另外一座城市。

我的梦，总是以旅行的方式进行，一座城市紧连着另外一座城市。梦不断，城市也不断。

有时候我会梦见自己回到民国时期，在繁华的外滩穿行，走在现在改名为淮海中路的霞飞路；有时候我是一个营营役役的农民或者路人，过着和现实完全不一样的生活；有时候我也会变成一个舞女，在偌大的舞厅里摇摇欲坠，直到我从半夜中醒过来。

随后，我会回到我最爱的沙发上，打开灯，回忆毫无逻辑可言的梦境，直到再也回忆不起来，我才再次回到床上，继续做下一场梦。

这样的日子，我过了好久好久。

……

• • • •

碎城不大，建在一片瓦砾之上，没有一块完整的石头，每一座房子都由碎石搭建而成。

天空中，飘荡的不是白云，而是铺天盖地的小碎石。这些碎石随着人们一起生活，吃饭的时候、工作的时候，它们会飘在身边，睡觉的时候、上厕所的时候、做爱的时候，它们还在身边。

碎城的人，早习惯了它们，他们身上全是被飘荡的碎石割伤的伤口。

• • • •

陈碎和其他居住在这座城市里的人一样，名字就叫碎。我就是陈碎。

“快把这些碎石搬到王那里。”李碎和我说话。

我一边从空气中收集碎石，一边把它们装进我背后巨大的口袋里。口袋里已经塞满无数的碎石，可是，它们一点都不重，因为它们都和这个袋子一起，悬浮在半空中，一点分量都没有。与其说我背着一个袋子，不如说我背着一个气球。

“王，请接受我贡献的碎石。”我走到王身旁，把袋子打开，把碎石往王的身上灌。

“谢谢你，碎。”王称呼每一个人为“碎”。

碎石落在王的身上就和王融为一体，王就像一个黑洞，吸收着每一颗碎石。

据说，以前碎城里有更多碎石，现在被王除掉了许多。被王吸收的碎石，没有人知道它们会去哪里。有人说，它们都用来造城，城里的人看到城不断在生长；有人说，这些碎石就是王的一部分，只有这些碎石全部回到王，这座城市才不再被碎石覆盖。

我和其他人一样，每天就是收集碎石贡献给王。

我没有去思考这个行为本身，只是在履行这具身体对碎城的义务。

“我要把王杀了。”张碎在我耳边一直说，只要我在收集，他就会跑过来在我耳边念叨。

我不知道为什么他要把王杀了，正如空中的碎石，我不知道它们为什么飘荡着一样。有一天我忍不住向张碎提出我的疑问。

“因为王本身就是碎石。只有他死了，碎石才会消失。”

“那要怎么杀死王？”

“不要再给他贡献碎石。他就会饿死。”

我半信半疑，不再理会他，他依旧在每一个人的耳边耳语，像一条缠绵的蛇，吐出甜蜜的毒汁，可笑的是，从来没有人敢尝一口。

• • • •

突然有一天，王死了，无缘无故。

整座城突然裂开成碎石，本来被固定下来的碎石回到空中继续飘荡着。空中的碎石变得更密集，它们相互碰撞，击碎成更小的一块块，有的相互摩擦，甚至成了灰尘。它们慢慢地被呼吸进肺里，走到肺泡，凝固成了又一块碎石。一次咳嗽，它们被喷出来。这个过程，就像一个孕妇，不断地怀孕，又不断地生产，子宫不断地收缩，扩张，再收缩，再扩张。

我不断地咳嗽，我看到自己咳出大量碎石，碎石外面还包裹着鲜血，红色的碎石，红色的血，两者似乎已经没有任何分别。

我突然想念王。我想念那些收集碎石的日子。那些给王贡献的碎石，现在应该在我的肺里，在空气里，在每个人的每一个细胞里。

碎石越来越多，直到整座城都快被占据。

“因为王本身就是碎石。只有他死了，碎石才会消失。”我突然想起张碎说过的话。

可是王已经死了，为什么还有碎石？我搞不懂。

除非，我也是王。

除非，我自己死去。

不对，我不是王，或者准确地说，这里的每一个人都有可能是王。

我一边吐出碎石，一边大喊，让大家都不要再呼吸，不要再吸入碎石。可是，没有人听我的话。

忽然，碎石越来越多，也越来越红，它们开始拥挤，和我的身体摩擦，我发现它们开始挤入我的身体。像挤牙膏一样，一点点地挤进去，只不过，这个过程是相反的。

最终，我成了下一位王。

……

• • • •

我从梦中醒来，过了一会儿，才回到这个被称为现实——而实际上只是另一场梦境的生活中。

这也是我和梦境打交道的一种方式——看到并且进入梦中的角色，听到他所听到的，看到他所看到的，感受他所感受的——那些在醒着的生活里，我们难以看见、不敢承认，或是充耳不闻的表达。

当我获知自己就是王的时候，我仿佛沉浸在某种自欺欺人的幻象之中——我容纳了所有破碎的一切，并且依旧把它们塑造成体面的容身之所。

然而真相却是，由破碎堆砌而成的完整，如同一个重新组合的破碎的花瓶，依旧只能是破碎本身。那些早已沁入脏腑，混进骨血的破碎，人、石、王，乃至这座城都是这般模样。

支配这一切的，是某种难于理解的逻辑。追求什么，就会失去什么；越是想要逃离什么，最后却只能是逃无可逃。

这让我明白，为何在青旅中，当那些年轻人以艳羡的口气夸赞我如此自由时，反而会令我陷入局促与不安——实际上，我不过只是以一年的房租为自己暂且赎身，成为自由的奴隶而已……

对我来说，自由从来不是件绝对的事情，它是相对的。

在破碎比比皆是的世界里，完整又能怎样？

答案是否存在于这场旅程之中？还是在梦境的带领下，要抵达的另一种真实里？

我不知道。

来自史晋的回复：

看到你终于出发，并诚挚而勇敢地记录自己的梦境，我由衷替你感到高兴。

有时候，我会觉得梦是为了揭露真相而存在的。就像你的这个梦那样，它撕去了一座井然有序又周而复始地运转着的城市的画皮，让我们看到了这背后的，如同沙砾一般的破碎。

所以，当我回想起你日记中，关于上海生活的描述——那些看起来再平常不过的事，诸如街道、地铁，偶然相遇所引发的无意义的交谈，以及在这里谋生、安家等之时，不知怎的，会有一种说不出的毛骨悚然……

我有时会感叹，像上海、北京这样被称为大都市的地方，你看到满大街的人，包括你我在内，究竟是什么令所有这些细碎的、哪怕是关乎每个人的每件琐事，都能恰到好处地拼凑聚集到一起，成为这个城市完整的一部分？

我曾猜想，每座这样的城，都拥有某种隐藏起来的意志。而这种意志的根源，是对孤独和新异事物的恐惧。看了你的梦，我觉得这种意志就是碎城里的王。

在这样的意志驱使下，人们放弃了属于自己的孤独，又默许一切都是被安排的。然而，没有了孤独的人，就像失去了庙宇的灵魂，只能任由时间的流逝一点点被侵蚀成为碎屑与沙砾。

与此同时，便发生了碎城中的那一幕——人们将自身的生命化作的破碎，再次当作喂养这种意志——王的食粮。城市随之不断扩张，但在粉饰下的每一座碎城里，生老病死都变得没有意义。

有位心理学家说，如果在一个生病的社会中，你活得很自得又很快乐，那恰恰说明你有病——你的心病了。所以谢已，像你这样安享孤独，不愿自我重复，又对城市的诱惑丝毫没有欲望，且长期以嗜睡和逃入梦境来消极抵抗的人，这座城市以及其内在的意志——王，一定会对你恨之入骨。

所以，说得好听点叫环游中国，真相也许是，你被这座城市放逐了——动身吧，就像白天里你离开熟悉的上海一样，夜晚的碎城也已将你驱逐，你真的无“家”可归了。

扬州
Yangzhou

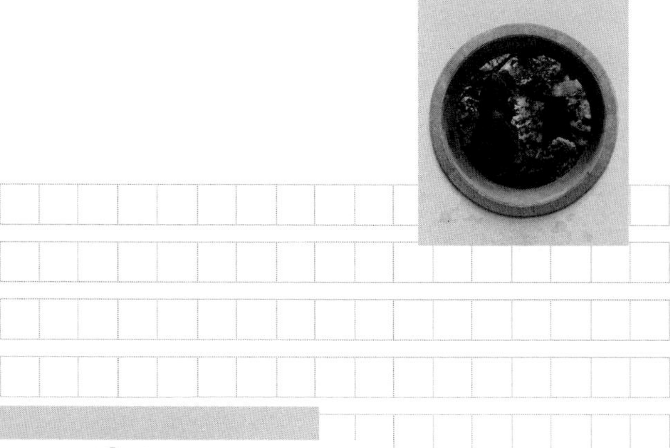

下过雨的江苏扬州，灰色的砖墙深了一个色号，整座城市的色调也像被人为地加了一层灰色的蒙版。

还没到 6 点，我就醒过来了，也许是陌生的床睡不惯。

青旅的前台一个人也没有，傻大姐应该还在睡觉，我有种上学时候，从学校宿舍偷溜出去上网吧的似曾相识的感觉。

青旅附近就是个园，清晨不用买票，从侧门就可以直接走进去，个园竹林深处没有人家，只有打着太极跳着广场舞的爷爷奶奶，不对，在这里应该叫园林舞。

个园很小，一会儿就逛完了。

个园里面，种得最多的就是竹子，这也是取名为个园的缘故。竹子在后院园林里成群结队，长得高大威猛，据说有超过 60 种的竹子。不过我对植物比较迟钝，不太能分辨竹子的种类。这跟我分辨人一样，只能察言不懂观色。

就在我尝试分辨竹子的时候，我看到了一个熟悉的人。

傻大姐居然在打太极。

我擦了擦眼睛，确定没有看错。

· · · ·

“这么早就来这里打太极？”我走上前去跟她说话。

她被我吓了一跳，差点掉进竹林旁边的水池里去。还好我动作比较快，一下子把她拽住。

“被你吓死了！”她大声地向我“吐槽”。

“你是在干什么坏事吧。”我阴笑着说。

“我可是正正经经在这里练太极呢，你不是看到了吗？你这么早过来这里，是专门偷窥我一个小女子练太极吧。说，你到底是哪个门派派来的间谍。想要偷学本师太的看家本领，得要先过我这关。”

她摆出一副准备和我决斗的架势，我被她的动作和台词搞得哭笑不得。

“哪有你这种穿着潮牌运动服打太极的门派。一看你就是被逐出师门的坏家伙。”

“去去去你的。胡说八道。”

“可是，你这么年轻就开始练太极，还真少见，我还以为太极都是上了年纪的人练的功夫。”

“那也不错啊，你见过像我这么美艳动人的老太婆吗？”

“还真没见过，今天幸会了。”

“你你你，我真的要被你气死了。”她被我的话气得直跺脚，就差点要把我抓起来打一顿。

“好好，师太息怒息怒。请坐请坐。”我示意王之望往旁边的长椅坐下。

“这还差不多，没让你行礼已经够好了。”她自得其乐地坐下，我也和她一起坐下来休息。

竹林的风，吹过来是带着声音的，沙沙簌簌，仔细听，能听出到底是怎样摩擦发声的，有时候是几片叶子，有时候是一整座竹林。大多数的时候，竹林和这座园林都是静默的，不发出一点声音。偷听人世间的话语，是它们偷窥这个世界的唯一途径。

我想它们一定很好奇我和王之望为什么才认识没多久，就可以聊得这么开心，说实话，我也不知道。

• • • •

“早上的个园，好玩吗？”王之望问。

“不好玩，没你好玩。”

“我也没啥好玩的，每天早上来这里锻炼身体就是我唯一的娱乐。没别的了。”

“像你这个年纪的姑娘，现在这个时候不是应该睡懒觉做个纯情的美梦吗？”

“什么叫像我这个年纪，大叔，你都快30岁了，老娘才25岁好不好！”

“25岁就开青旅，也蛮厉害的啊。起码，我25岁的时候从来没想过干这种事情。”

“你是不屑开青旅吧。像我们这种又穷又苦的工作，说实话，开了就相当于给自己造了艘贼船，当了海贼王，下也下不来了，只能不停地拉你们这些人一起下水。”

“没有没有，我很羡慕开青旅的人。起码，就像你说的，可以认识天下各种能人异士，也能听到各种离奇古怪的旅行故事。淡季闲着的时候，招几个义工，自己也能出去走一圈，多好啊。”

“能像你说的那么棒就好了。”她在“棒”字上加强了语气，听起来却很滑稽。

说完，她把左脚的运动长裤撩起来。我以为她只是觉得热要卷起裤腿，当她把裤腿撩起来之后，我看到的是一条淡紫色、瘦弱得很的小腿，肌肉萎缩得特别厉害，差不多就剩下皮包骨了。脚掌部分的肉也一样，连鞋子都没办法填满，鞋子里空荡荡的，说得难听一点，就像一副骨头在穿着鞋子。

“我很快就没办法走路了，开青旅没多久，有一天我突然双脚麻痹，不能走路，去医院检查了一番，医生说我的双腿得了一种肌肉萎缩失调的怪病。肌肉会慢慢萎缩、死亡，左腿已经很严重，也许没多久就要截肢了。”

被她这么一说，我心里有种过意不去的感觉。

“可你为什么还蹦蹦跳跳地打太极啊，你该好好休息才对。”

“医生说我继续保持锻炼，可以延缓一点症状。我现在是没办法跑步了，运动量强一点的运动，我都应付不了，只能打打太极，让双腿活络活络。趁现在还能动，我还是要好好珍惜我的双腿，该走就走，该跳就跳。不然，以后我可没有这个机会了。”我看到她的泪水含在眼里，随时可能夺眶而出。

我不知道该说什么，我这个人不太会安慰别人。

“你不要觉得我可怜，我不希望别人因为可怜而怜悯我。”她边说边把裤腿放下。难怪她穿着宽松的嘻哈运动服来打太极，为的就是遮盖自己的双腿。

“我不觉得你可怜，之前跟你聊天，还在想你不过是个无忧无虑的傻姑娘而已。现在，我对你倒是改观了。现在科技那么发达，截肢了也可以装义肢，说不定以后你还可以参加残奥会，为国争光呢。”

她一下子笑出声，泪水也滚了下来，晶莹亮丽地挂在脸上。当把坚强、勇敢和隐忍都去掉，她还只是一个 25 岁的小女孩，纯真得就像天上飘荡着的白色的云朵。

“谢已你真是，真是太搞笑了，笑得我泪水都迸出来了。残奥会，你真是会说话。笑死我了。”

“我是说，你应该去参加残奥会的脑残比赛，这才真的属于你。”

她笑得更厉害了，泪水也流得更欢畅，我看着她笑得那么厉害，也和她一起笑了。

只是，她的笑，是对自己的释放；而我的笑，是对自己无能为力的笑。

我并不能拯救她，她只是我旅程中所遇到的，其中一个无能为力的人而已。就像我自己，谁也没办法拯救我，只有我自己拯救自己。

● ● ● ●

王之望硬拉着我去富春茶社，说我在临走之前，要好好感受一下扬州的早饭，我搞不懂她的热情从何而来。

我看她双腿这副样子，不忍心让她为了我多走路，可我说不过她，妥协了一番，她同意让我打车载她一起去，而她则请我吃早饭。

我还没坐下，她就吆喝店小二，点了一堆早点。

果然，富春茶社的茶点都很特别，特制调配的魁龙珠茶，用的是浙江的龙井、安徽的魁针，还有富春自家的珠兰，比单一的茶叶更有丰富的香气和味道。

烧卖皮薄馅肥有韧劲，一口下去，满口的肉香，吃起来特别满足；三丁包子则面香松软，鸡丁、猪肉丁、笋丁鲜嫩爽脆，口感十足。噢，还有那汤浓十足的蟹粉汤包，虽然要拿吸管来喝汤，可是，新鲜的蟹粉和肉汤融合在一起的味道，清爽不腻，真的是会让人上瘾。

“富春茶社我很爱来，我第一次来扬州玩，我就爱上了这里的茶水。”王之望一边喝着茶一边说。

“所以就想到来这里开青旅？”我问。

“也有这个原因，但更重要的是，这里的茶让我喝到家的味道。”

“为什么？”

“因为我爸是浙江人，我妈是江苏人，我在安徽出生长大。每次来这里喝茶，都能喝出三省的味道。”

“为了喝茶来扬州开青旅？买点这里的茶叶回家泡不就得了。”

她白了我一眼。

“这可不一样的。”

“反正我没觉得有什么不一样。”

“也许等你环游完中国，你就知道有什么不一样了。”

我笑了笑说：“承你贵言。”

“真受不了你这种文艺青年。”

● ● ● ●

中午的时候，我们回到青旅，我收拾好行李，就下楼去退房。

“果然昨晚下雨了，衣服没有全干。王之望你们店真的得要装个雨棚。”我对着前台说。

“小望不在，她出去了。”跟我说话的是前台的一个男孩。

“她去哪儿了？我早上还跟她去富春茶社吃早饭。这人怎么那么爱跑。”

“她腿又不舒服了，刚送她去医院了。”男孩若无其事地说。

在男孩给我办理退房手续的期间，我随便瞄了一眼前台，发现一堆药物零零碎碎散落在前台的角落。其中有一瓶药已经打开，瓶盖上还留有几颗药，感觉像王之望匆忙打开又来不及吃的样子。

“先生好了，欢迎下次光临。”男孩把押金钱递给了我。

“有纸和笔吗？”我问男孩。

临走的时候，我有点担心王之望，在前台给她留了一张纸条，上面写了我的手机号码，以及一段简短的留言——

傻大姐，保重身体！中国这么大，我先替你去看看。

这是我第一次，为一个刚认识的人担心。

离开青旅，我又要开启下一段路程了，前往扬州火车站。扬州这个小城市，本来就没什么值得逛的，待个一两天也就差不多了，我来的主要目的其实也就是看看瘦西湖而已。

公交车上人很多，登山包很重，我艰难地站着。可是想想王之望的腿，这点事好像也没什么值得抱怨的。

• • • •

取了 K662 次火车票，我上了火车硬座车厢。

下一座要去的城市是青岛，扬州没有直达到青岛的火车，得在徐州中转。为了省钱，环游中国的旅程，我选择了最朴实的火车作为主要的交通工具。

从扬州到徐州要 5 个小时。车上人很多，我坐在靠窗的位置。中途在蚌埠停车的时候，我穿过睡得七倒八歪的人群，下车买了一份快餐。10 块钱一份的快餐只能用来充饥，我并没有想过它会有多美味，事实上，这种降低预期的心理准备，在这一路行程都非常管用。

到达徐州已是晚上，在火车站换好 Z274 次的车票，没一会儿，就上了火车。到青岛得要 8 个小时，这一程，我选择了睡硬卧。

人生第一次坐火车硬卧，我不太懂得规矩，换票的时候，我还不知道怎么回事，跟乘务员聊了一下，才知道这是为了防止旅客忘记下车而采取的措施。

我的车票被换成一张不锈钢钢牌，上面写上我的床位号。我把它放在枕头下，倒头就睡了。

半夜，车里已经熄灯，只有火车墙壁上的指示路灯还在亮着。

我突然收到一条短信，是王之望发给我的——

谢已，我是王之望。中午我的腿又不舒服去了医院，回来的时候前台说你已经走了。没来得及跟你好好告别，真抱歉。以后有机会一定要再来扬州，给我讲讲你环游中国的故事。还有，为了证明你真的在环游中国，能不能给我寄不同地方的明信片。嘿嘿，这对你来说应该不难吧。好啦，不多说了，晚安，一路平安。

我看着短信一遍又一遍，有点睡不着。我从床上下来，坐在过道的椅子上。过道只有几个人还在坐着，百无聊赖地看着手机。火车外面一片漆黑，微弱的灯光在远处若隐若现。

火车开得很快，轰隆声伴随着每一个人入睡。打呼噜的打呼噜，说梦话的说梦话。有的人朝里睡，有的人朝外睡。每个人，都被以上百公里的时速，从一座城市运送到另一座城市。

我给王之望回了短短的 5 个字——

好的，没问题。

这就像我对她，或是这趟未知的旅程的一个承诺。

关上手机，我回到卧铺上。希望，今晚好梦。

月城

Yuecheng

我的梦，总是以旅行的方式进行，一座城市紧连着另外一座城市。

我躺在月球上。

手上拿着一个胡萝卜，上面有个兔子的牙印。我尝了一口，是苦的。丢掉之后，地上马上长出一尾金鱼，金鱼有我小臂那么大，我马上抓住了它的尾巴。

金鱼把我拖拽着向前飞驰，我把它拽断，又马上长出新的，我只好左右手轮流地拽着。

突然，金鱼被我越拽越小，消失了。

• • • •

我来到了一个像火车头一样的建筑面前。

我走了进去，里面特别巨大，中间是空心的，而四周密密麻麻地镶嵌满了火车卧铺的床。不过，它们摆放的位置很凌乱，一张搭着另外一张，斜的、横的、竖立的，还有一些一半在墙壁里，一半露在外面。

我绕着走了一圈，我不知道我走了多久，每走一步，床的位置就会挪动一下。当我绕着这里走完一圈，回头再张望的时候，这些床的位置突然变得整整齐齐了。每一张床之间相隔刚刚好。看起来，特别的清爽。

像一间教堂。

对，这就是一间教堂。

我跪了下来，向这间教堂祈祷，我不知道我在祈祷什么，就是嘴上说着话，可我自己听不到。

祈祷完以后，我看到床上睡满了人。这些人，都是我熟悉的人，有我的家人、亲戚、已经记不得名字的小学同学、初中打群架时吃了我一腿的家伙、那个擅自拿我写的报告交给上司的恶心同事，还有很多很多我生命中遇到过的人。

他们都安安静静地躺在床上，他们看起来，都像死了一样。

可是，这里的床还有一张没有人睡，那是一张位于正中间，不知道在什么时候出现的床。

我知道我自己要睡在上面。

我就是知道。

我躺下去了。

盖上被子，枕在硬邦邦的枕头上，我和他们一样，一起睡了。

正当我睡下的时候，他们全部坐了起来，眼睛直直地看着我，他们面无表情，眼睛却瞪得大大的，想说点什么，却什么也没说。

我继续盖好被子，被子不断升温，像火一样烫，像躺在一个焚化炉中。

我挣扎着，但动也动不了，火在我旁边蔓延，它们像蛇一样爬满我的身体，从脚底慢慢到我的面前，我看着自己全身烧起来。

突然，全部的人开始大笑，我不知道他们在笑什么，但我肯定他们在笑我。

那个被我骂傻 × 的老板、那个被我嫌弃教得一塌糊涂的历史老师、那个老是乱摆放杂物在楼道的老大爷，他们都在笑我。

我觉得很好笑，我也和他们一起笑。

哈哈哈哈哈，哈哈哈哈哈，哈哈哈哈哈，哈哈哈哈哈，哈哈哈哈哈。

• • • •

于是，我知道了这样一个事实——只有在梦中，当那些意识的部分睡去，被压抑已久的潜意识才有机会醒来。

我也明白了，那些家伙的笑声，来自一段段被强烈压抑的记忆。那些笑声是记忆在经历了漫长的沉睡之后，在苏醒的一刻所迸发的狂欢……但同时令我不解的是，那些深埋在我脑海中的恶人，又是因何而苏醒的呢？

或者我本该更直接地发问——究竟是谁叫醒了他们？

来自史晋的回复：

月城的这一梦，令我回想起曾听过的一个古代印第安人的传说——他们曾迷信地认为，月亮是亡灵的国度。那些在现实中“死去”的人，都将在此地安睡。当然，我猜这里说的死去，更多的是某种隐喻。比如，过往中的很多人，哪怕他们依然健在，但也可能早已被我们埋葬在了内心深处。

说到这儿，我想提示你的是，别小看那些在旅途中遇到的人。他们的潜意识往往会发出渴望，召唤相应的机缘，令现实中的我们走进冥冥之中如命运般的安排。

对，我说的就是王之望。也许在你看来，她更像是个没心没肺的傻大姐。但与此同时，恰是在睡前翻看了她的留言，而这信息竟成为你梦中去往月城的车票。与她的相遇，更像是某种心理层面的象征性事件，它在表浅的意识层面上往往很难被察觉，实则在你内心深处却已然唤起了波澜。就像神话故事中双腿已如磐石般寸步难行的姑娘，却在冥冥之中为注定踏上旅途的行者奉上预言……

除此之外，那些睡在月城上，如今被唤醒的潜意识部分，看似都只是些在过往人生中无足轻重之人。但随着这些潜意识部分的呈现，势必将有更多的内心往事和回忆被一一找到。

就像性格火候刚刚好的王之望——这位表面上开朗乐观，实则心事重重，对人热情有加却又小心翼翼地守好自我边界的姑娘，作为谢已——你的旅程开篇的解说人真是再合适不过了。我甚至仿佛听到她说，“这真是个不错的且意味深长的开始……”

青岛

Qingdao

还没睡醒，就被乘务员叫了起来并换回了车票。车厢的其他人早就收拾完毕，手里拿着行李准备下车。

凌晨 5 点多的时候，车到了青岛火车站。一下火车，瞬间涌来海边的湿冷。我赶紧从包里拿出薄外套穿上。

出站以后，看到青岛站的外貌，欧陆风情的建筑，上面还有一个大大的钟楼，钟楼的四面都有一个巨大的表盘，如果不是看到写满汉字的指示牌，我还真以为穿越到什么泰晤士小镇了。

这时候还没有公交车。在火车站不远处，就是青岛著名的栈桥，海上浓烈的水雾把远处的风景遮挡，只看到一座凭空在海上竖立的回澜阁。

我站在岸边，把行李随地一放，和清晨在岸边钓鱼的光头大叔一起发呆。大叔对着大海抽着空虚的烟，一呼一吸，抽的是烟，也是海雾，吐的是烟，也是海雾。

大叔的鱼竿好久没有动静，浪不大，轻轻地拍打着海岸，我很怀疑这里的鱼也许还没有醒过来，和这座城市一样，还在沉睡着。

我还没完全学会如何在长途跋涉的火车上入睡，昨晚休息得并不好，身心有点疲倦。

我站在岸边，看着不远处的公交车站，期待着公交车能早点到。

● ● ● ●

“刚到青岛吗？小伙子。”旁边的大叔问我。

“是的，刚下的火车，在等公交呢。”

“起码 6 点半才到，从始发站出来到这里还有一段路呢。”大叔说着说着，从白色的烟盒里面抽出一根烟递给我，是中南海。

“噢，谢谢，我不抽烟。”我摇着双手拒绝了大叔的好意。

“年轻人，不抽烟，难得啊。”大叔把烟收回，自己点着抽起来，深深地抽了一口，吐出了一长串白色的烟雾。

这些烟和海雾夹杂在一起向我飘过来，我憋着气，不想夹杂在这种二手烟的环境里。

当烟雾飘走之后，我重新获得呼吸的自由。

“我曾经也抽烟。大概两天一包烟，抽了大概有两年多吧，突然有一天，觉得抽烟一点意思都没有，就戒掉了。”我说。

“我抽了快 30 年了，我家人一直让我戒烟，我戒了起码有十次，每次戒个十天八天就受不了了，最长的一次，我戒了整整一个月。哎呀，那一个月可真是煎熬，骨子里都是烟瘾，别人抽的时候，我都会不自觉地凑过去吸别人的二手烟。现在，破罐子破摔，不戒了。”

大叔把最后一口烟用力地抽完，陷入回忆的他好像格外珍惜这根烟，像人生的最后一口烟一样。

烟燃尽，剩下沾满口水的深黄色的烟嘴，大叔把它丢在脚下，踩死。

“我说戒烟的那一天，就戒掉了。从此之后，我再也没有抽。”

“真厉害。真佩服你们这些说干就干的人。”大叔给我竖起了大拇指。

“你的公交到了，快去吧。”大叔回头张望了一下，指着徐徐开来的公交车对我说。

• • • •

上了车，找了个座位坐下，车上大多是和我一样清晨下火车的旅客。

车窗外钓鱼的大叔依旧是那个站姿，鱼依旧没上钩，烟倒是抽了整整一包。

车沿着海边一路行驶，岸边钓鱼的人络绎不绝，我不太理解清晨出来钓鱼的人的心态，可我理解自身的这种不理解。

年轻的时候，总想搞懂这个世界的一切，世界怎么运作，宇宙有什么规律，人心如何解读；长大之后才发现，我不是想搞懂这个世界，只是想搞懂我自己。

而当我发现，自己其实也没那么好搞懂的时候，我一下子理解了我曾经的不理解。

公交车在青岛的海边和山路辗转绕行，我看着外面迷迷糊糊的风景迷迷糊糊地睡了。为了图便宜和无敌大海景，我找了一家位于崂山区特别偏僻的青旅，从火车站出发，坐了快一个半小时的公交车才抵达。

青旅在一个被海水腐蚀有些年头的小区里，小区门口有个大大的鲤鱼雕塑喷泉水池，以及几根脏兮兮的欧式的柱子。水池里面早就没有水了，墙砖也掉落不少，几只奶牛色的野猫在鲤鱼雕塑下面安静地游荡，组成一组奇异的画面。

青旅在小区的最里面，也是最靠海的位置，叫柏海青旅。一楼是前台，地下室才是房间。出门走两步，就是海边。

已经快 8 点了，在前台按了铃铛，等了好久才看到一个头发乱糟糟、穿着背心短裤趿着拖鞋的前台小哥从地下室慢慢走上来，一副未醒的样子，小哥一言不发地给我做了登记，把床单被罩钥匙递给我之后，又回到自己的房间里面继续睡觉了。

我害怕打扰其他人休息，摸黑走进房间，把床单稍微铺整，马马虎虎地躺下睡了。

睡了快一个上午，体力终于恢复。洗澡后回到房间，把灯打开，才发现原来里面一个人都没有。

能霸占一整个房间，也是开心的事情，尽管房间里一个窗户都没有，只有 4 张上下铺，一共 8 张空荡荡的床陪着我。偌大的空间，被隐隐约约的海咸味充斥，我像唯一一条被装在罐头里的沙丁鱼。

• • • •

中午的时候，前台的小哥说今天是赶集日，让我去市集看看。

到了在海边的市集，逛了一圈，发现北方的集市比上海的菜市场都要有趣，刚捕捞的还在活蹦乱跳的海鲜鱼获，刚上市的红彤彤的樱桃，长得跟北方人一样茁壮的蔬菜，甚至还有小贩推着小车，一边卖烤鸭一边卖纸扎祭品。

我在一个大姐的摊位点了份凉皮打包带走，走到旁边的海滩上，一屁股坐下就开吃。

海滩上面的堤坝有几个钓鱼的人，鱼线从我头上越过。海滩上只有一对在遛狗的情侣，小狗看到我在吃东西，急忙跑过来，用可怜兮兮的眼神看着我，我停下筷子，看着它，它好像知道不会有吃的，又灰溜溜地跑回主人身边。

浪一会儿冲上来，一会儿又下去，狗在追赶着浪的同时又被浪捕获，一对可爱的小冤家。

• • • •

这让我想起我上小学时家里养的土狗。

家里人把它带回家来驱老鼠，它很能干，来了之后，家里的老鼠就少了许多，不知道是被狗咬死的，还是被狗吓跑的，反正，我没见着死老鼠，也没见着四处乱窜的活老鼠。

它平时只在家附近自由溜达，没看过下雪，也没见过大海，是平凡得不能再平凡的一只土狗。

有一天放学回家，我看到它吐着白沫倒在家门口，睁得大大的眼睛已经空洞无神，死了。

家里没有人，只有刚放学到家的我。我看着它的尸体，不敢跨过它的尸体进屋里。

直到父亲回来，直到父亲把它埋在后院的泥土里，直到父亲用冷冰冰的语调跟我说它是被毒死的时候，我才忍不住哭了。

从那时候起，家里再也没有养过宠物，父亲再也没有提过养狗的事情。因为父亲再婚，后妈不喜欢狗，而我也跟随父亲，从老家迁移到另外一座城市。

也是从那时候开始，老家的老鼠开始重新出没，可是，除了我之外，已经没有人会担心老家那些老鼠了。

• • • •

在海边晃荡了一下午，回到青旅已经是夜里，我躺在床上看了一会儿书，就睡着了。

半夜里，有人走进房间，开灯、铺床、洗刷、捣弄行李，弄了快一个小时才上床睡觉，可是，他压根没打算老老实实地睡觉，啪啪啪的手机键盘打字声像是一根根刺向耳膜的毒箭，从我对面的床，连珠炮似的射过来。

“喂，兄弟，你不睡觉，我可要睡觉的。你看现在都几点了。”我忍不住朝他喊道，那股不耐烦的味道，连我自己都能闻到，甚至盖过了房间里的咸潮。

“噢。我这就完，等我一会儿。”他依旧打着字，顺手把手机调成静音了。

我怕他还会捣弄出什么，于是把眼罩和耳塞戴上，这是我唯一的对抗方式。

眼罩和耳塞原本是通宵夜车时用的，没想到，这东西能派上用场的地方比我想象的要多。幸好，它们特别给力，戴上之后，地球毁灭我都不会知道。

“喂，喂，醒醒，醒醒。”

突然，我被睡在对面床的家伙叫醒。他粗鲁地把我的眼罩掀开、耳塞拔掉。

“咋了，怎么回事。”我被他一吓，从床上坐了起来。

“噢，没啥事，就想问你借个手机数据线，我出门忘带了。”他一脸傻笑地对着我说。

“我被你吓死了，我还以为是火灾地震呢。喏，拿去。”我迷迷糊糊地从床边的插座上拔下数据线递给他，他把数据线拿到手后连一句谢谢也没有说就回床了。我看了一眼手表，已经是清晨。

真是个莫名其妙的人，我心里面默默念叨，然后又迷迷糊糊地戴回耳塞眼罩继续睡了。

• • • •

起床的时候，发现对面的家伙已经不在，行李乱丢在床上，像一个狗窝。不，狗窝也比他的床干净得多。

我准备打开手机，发现手机开不了机。我想起昨晚借给他的数据线，想从他的狗窝里翻出来给自己手机充电。

结果找了一圈，也没找到。

我想他应该还在青旅里，转了一圈，发现人也没在。

我不是一个依赖手机的人，但是出门在外，手机导航是我最需要的功能之一，在一个陌生的城市，没有导航等于少了一条腿。

前台告诉我他在门口躺着。

正当我气冲冲地准备找他算账的时候，他居然坐在门口的躺椅上吹着海风，晒着太阳，安逸地跟我打招呼。

“早啊，起床啦？你的数据线在我这里，不好意思早上打扰你了。”

“你还知道打扰别人，也算是有自知之明。”我压着起床气对他说。

“别那么生气嘛，不就是一根线嘛，我充完电再还给你。”他拎起我的数据线晃了晃，然后又把头埋在手机屏幕前。

“你都充了一个早上了，还没充完吗？”我被这个人气得有点想爆炸。

“没有，打游戏比较费电。你没看我出来晒太阳都插着接线板吗？”

为了给手机在青旅外面充电，他从房间里面到外头，用了三个接线板连起来。

“你可真会享受。”我嘲讽地说。

“那是，面朝大海，春暖花开。来来来，别老站在那儿，快躺下享受一下。”他指着身旁的躺椅说。

我拿着没有电的手机，后悔自己没有多带一根数据线出门，可是除了抱怨，我也不好意思把线抢回来。

我躺了下来。他无视我的存在继续玩手机。早晨的阳光刚刚好，不热不烫，加上阵阵清爽的海风，难怪这家伙一大早就在这里享受。

我是一个热爱睡眠的人，为了早上这短暂的幸福时光，牺牲一点也是值得的。只不过，要是没有这家伙在身边就好了。

躺下来才慢慢留意这个人，他看上去像刚毕业的大学生，年轻，莽撞，桀骜不驯，没有礼貌，自以为是。

他剪了个清爽的串头，有着北方人的轮廓，但眉目里带点南方人水一般的柔情，睫毛长长的。

他和我身高差不多，但是，他身材显然比我强壮。我躺下来，椅子还有空余的地方，他躺下来，就把整张椅子塞得满满的。唯一有点可惜的是，他看上去那么年轻，居然有点小肚子，这一点，我倒是自豪起来。

我并不是一个肌肉男，一周三次去健身房锻炼运动让我对自己的身材还是有自信的。没有六块腹肌和可以炸裂衬衣的胸肌，可是，穿衣显瘦，脱衣有肉，作为一个快 30 岁的男人，我觉得我的身材比很多同龄人都要好。尽管我的长相一般，但女孩和我走在一起，起码不会觉得丢脸。

想当年，上高中的时候，我比较弱，男生爱打的篮球足球乒乓球羽毛球我一概不会。体育课之所以没有不及格，主要是每天晚自习之后，我都会一个人在漆黑的跑道上跑两三圈再去睡觉。没想到长期下来，竟然也能在期末体育考试里拿长跑第一。

高中的压力往往很大，唯一的发泄方式就是跑步或者游泳。可是，学校泳池只在体育课或者傍晚下课时开放，高三的时光都是争分夺秒，很难得才能抽空去游一次泳。所以跑步成了最好的减压方式。

在夜深人静的夜晚，大部分的学生都回寝室睡觉，像我这种耐得住寂寞夜跑的，不多。

高三最开心的时光，莫过于一个人在跑道上肆意地奔跑，没有作业，没有考试，没有压力，只有脚下的塑胶跑道和教学楼快熄灭的灯光，灯光越来越暗，而眼睛所看到的足球场、操场、跑道以及头顶上的星星，却越发清晰。

就像我曾经以为前途无量的前途。

• • • •

“电充满了，线还给你。”

晒了快一上午的太阳，他终于把数据线还给我。

“你到底是用数据线充电还是太阳能充电，我有点搞不懂。”

“大哥，你真会开玩笑。”

看着他傻笑的样子，还真有点哭笑不得。

“别叫我大哥，我看上去有那么老吗？”

“不叫大哥那叫什么，大妈吗？哈哈哈哈哈。”

“乱说话的小屁孩。欠揍。”

“啊啊啊，大妈不要打我脸，要打，就打我屁股吧。”说着，他从躺椅上反过来，露出了圆滚滚的屁股。

“真服了你。”

“好啦，不跟你闹了，大哥。我饿了，你知道这附近有啥好吃的吗？咱们去吃午饭吧。我请客。”

“你请客？真的？”我疑惑地问。

“当然，我姜来可是个顶天立地、说话算话的男子汉大丈夫。”

“你将来也许是，但现在我觉得不是。”

“哎呀，有时候我真恨我家里人给我取这名字，姜子牙的姜，未来的来。走，别啰唆。吃饭去。”他报上名号后，拉着我往外走。

姜来请我在附近的大排档吃午饭，我们两个人点了四盘海鲜——辣炒螃蟹、酒香蛤蜊、清蒸海虾、海胆蒸蛋，还有一大盘上汤白菜和米饭。姜来还点了两瓶青岛纯生自个儿喝起来，我酒精过敏，一口没喝，姜来也不管我爱喝不喝，反正他比我吃得还要满足。

“先生，总共350块，请问刷卡还是现金。”服务员走过来结账。

姜来喝得脸微红，从厚厚的钱包里掏出四张全新的100块递给服务员。里面起码装了两三千块钱现金，十足小土豪的模样。

我看了一眼自己的钱包，里面就三张100块，加上几十块零钱，连这顿饭钱都不超过。

出远门，我不会在身上放太多现金，以防万一，鞋底里还各放着一张100块人民币，不到应急的时候，都不会拿出来用。据说，作家郁达夫也干过这事。

• • • •

“现在的年轻人真豪爽，早知道去吃38块钱一只的青岛大虾。”我说。

“好可惜，那家店早就倒闭了。你来晚了。”

“有心不怕迟，下次我一定带你吃更贵的。这顿饭，就谢谢了。”

“大哥，别客气，咱青岛人，都好客，你来咱青岛，就是咱家的客人。”

“你一个本地青岛人干吗住青旅，闲的吗？”

“为了见你啊，大哥。”姜来傻笑的样子显得特别蠢，如果不是因为他请我吃饭，我一定不再搭理他。

“神经病。”

“真不能开玩笑。”

“那你给我说说看，有家干吗不回。”

“不是说了嘛，青岛就是我家，我往哪儿住下，哪儿就是家。”

“你的逻辑跟地痞流氓一样。”

我起身准备往青旅走，姜来见我动身，像跟屁虫一样黏上来。

“那大哥你来青岛干吗呢，来玩么？”

“算是吧，我在环游中国。还有，别再叫我大哥，听着别扭，叫我谢已就可以。”

“是谢已还是谢已就？”

“是谢已。谢谢的谢，已经的已。谢已，懂不？”

“懂了，谢哥。”

“你这孩子。”

姜来对我环游中国之旅特别感兴趣，一路上不断问我各种问题，有些问题，我能回答，例如行程，例如要准备什么东西；有些问题，我则不能回答，例如什么时候回去，回去之后怎么办。这些问题，我压根就没有想过。

“我这是属于冲动型环游之旅，没顾上那么多。有这时间瞎琢磨，还不如多想想行程的安排。”

姜来默默地点头，也不说话，像在想点什么。

• • • •

我在青岛待了两天，姜来一直像个小跟班一样，跟着我到处转。他说他是青岛人，可是他对青岛也没见得多熟悉，上小青岛公园的时候，他比我还兴奋。他说这是他第一次来这里，第一次在海岛上看青岛。

作为一个本地人，他比我这个外地人对青岛更感兴趣。为了证明自己是如假包换的青岛人，他还特意把身份证拿出来给我瞧瞧，看完之后，我更觉得他是个莫名其妙的家伙。

于是，我只好挂着这个“拖油瓶”，从鲁迅公园，一路走到第一海水浴场，转了转八大关，在傍晚时分，我带他爬上了信号山。

我最讨厌爬山。即使信号山的海拔还没超过短跑 100 米的赛道，爬起来，还是很费劲。

姜来很兴奋地拉着我上山。

“快点，就快到山顶啦。你一个大男人怎么爬不动了。”姜来挥着手，向我大喊。

我摇摇手示意他自己继续向上爬不要理我。

“快点啦，我在这里都等了半个小时了，你再不来，太阳就下山了。”姜来继续大喊。

海拔 98 米的信号山，我足足爬了半个小时。

“我老了，爬不动，不像你，年轻有为，爬山就像征服一个小姑娘一样轻松。”我喘着大气，站在山顶，对着一脸嫌弃的姜来说。

“你不就是大我两岁而已，至于嘛。”

“我可以连续游 5000 米都不动声色，但你让我爬 100 米的山，能要我老命。”

“你真是个奇怪的老头子。”

信号山的山顶，是一个 360 度自动旋转的观光楼，站满了观光的人。我们好不容易地抢来两把椅子，椅子特别新鲜，还有别人屁股留下的滚烫，那是姜来趁别人站起来拍照的时候抢过来的。看着那两人发现椅子突然消失，一脸蒙的样子，我和姜来在一旁暗暗笑着。

黄昏，信号山的山顶，青岛的风景在茂密的树林中，伴随着夕阳的徐徐落下而拉开了夜的帷幕，红色屋顶的洋房在金光闪闪之下，像一朵朵绽放的鲜花，静默地生长。远方一望无际的大海，被夕阳的金光笼罩着，像母亲抱着孩子般，把整座青岛城揣在怀里。

“谢哥，看，那就是我们刚去过的小青岛公园。原来远看是这么美。”

“谢哥，看，那座屋顶的颜色居然和其他的不一样。你猜那房主是怎么想的？”

“谢哥，你说这公交车看起来怎么开得那么慢，刚才坐上去的时候可是把我吓一跳。”

有那么一刹那，我很怀疑，姜来其实不过是个披着 26 岁男人人皮的 8 岁小男孩。可是，看着他笑得“皮开肉裂”，又觉得他很可爱。

我是一个不太爱交际的人，说得好听点叫独立，说得难听点叫孤寡。平时在上海基本是一个人生活，一个人默默工作，偶尔和好朋友出来喝杯咖啡，吃个晚饭，就各自回家。

我自认为生活本来就是一个人的旅途，在前往终点站之前，每一个人都是过客。这是我一直在上海保持的身段，只是出门之后，被“腰斩”了。

遇到王之望之后，我的世界，被她的坚强软化了；遇到姜来之后，我的世界，被他的“不要脸”腐化了。

大概，每一个人，在我的生命的舞台里，都扮演着不同的角色。有些人演出过后，就从我生命里退场；有些人还没上演，就怯场逃跑；像姜来这样突然闯入的观众，我有点始料不及。

• • • •

临离开青岛的前一个晚上，我在邮局里，买了一张青岛风景明信片，贴上已经好久没有碰过的邮票，寄给了在扬州的王之望。

“给女朋友写明信片？好浪漫哦。”姜来站在我旁边，一边玩着手机一边带着讽刺说。

“不是女朋友，是我在扬州认识的一个女孩，她的腿快走不了路了，我想给她寄张明信片，让她振作起来。”

“那你离开青岛之后，会给我寄明信片吗？”姜来放下手机，很认真地问我。

“不会，给你一个大男人写明信片，你收得不尴尬，我写起来也尴尬。”我很认真地回答。

“所以我们的交情，连一张明信片也不值吗？”

“我们才认识了两天，姜来。”

“我和你待在一起都两天了，比不上你去扬州待一天认识的一个女孩吗？你这是性别歧视！”姜来突然脸色变了，气冲冲就像一个胀气的气球。

我一时间也不知道他是怎么回事，说：“喂，我这不是开玩笑的嘛，你别当真。”

“我真的生气了，谢已。”

姜来头也不回地走掉。我赶紧把明信片写好，塞到邮筒里，追了出去。可是，姜来这家伙走得太快，一不留意就看不见了。

• • • •

莫名其妙地，让一个莫名其妙的人，生莫名其妙的气，也是一件莫名其妙的事情。

我想打电话给姜来道歉，打开手机通讯录，才发现他和我腻在一起这么久，我居然没存他的手机号码。

我沿着海边的公路走回青旅，我想，也许会在路上碰上他。

一路上，经过无数街灯，影子被投影在马路上，生长，又消失，姜来是否也和我一样，走过这条路，我们的影子所留下的痕迹，是否也曾在某个角落里，相遇，然后又消失？我不知道。

回到青旅已经晚上10点，姜来还没有回来，他的床，依旧是那么乱七八糟。

这两天，在这只有两个人的房间里，姜来一路上和我嬉笑打骂，让我这趟孤单的环游之旅，有了一点慰藉。姜来的性格虽然不怎么样，可是他本质上也是个单纯善良的人，现在他不在了，我居然有点难过。

直到我收拾好第二天出发的行李，准备睡觉，姜来，还没有回来。

其实，我想跟他说：

朋友，你早被我装在心里面，明信片，算什么东西。

片城

Piancheng

我的梦，总是以旅行的方式进行，一座城市紧连着另外一座城市。

“导演，这个演员的动作不够细致，把她左手和右手互换一下吧。”

“不，把她左眼和右眼换一下。”

“好的导演。”

• • • •

我在拍一部叙事诗电影，一部有史以来，从来没有人拍过的电影。将叙事手法变成表演的一部分，将镜头语言完全抹杀，我把生命当成一首赞歌，用电影记录下来。

“导演，男主角的衣服，要在第三个场景更换，但第四个场景的时间不够用。”

“去找两个一样的男主角。让他们自己切换。”

“那会不会分不清到底哪个才是男主角。”

“这里每一个人都是主角，我的电影里，没有配角。”

“好的导演。”

场景要够宏大，我要在五个足球场长的片场拍摄，灯光是自然的，场景要自然，连动作也要自然，连大自然本身，也是自然。

“倒数的场景会需要一个焚化炉，导演，棺材你看要选哪一种？”

“要有丰富的浮雕，这个，太简洁，不行；这个，木纹的颜色不够深。我要那种像泥土一样深的颜色。这个差不多，但是上面印的居然不是撒旦；这个，嗯，应该可以，就选择这个吧。”

“好的，导演选好了棺材，伐木组快点行动，在拍摄完第一个场景之后把木头锯下来，留给你们的时间不多，雕刻组的成员你们的牙齿准备好了没有？”

• • • •

我坐在导演椅上，周围一圈的人围着我，我解答他们对这部电影的疑惑，还给分配工作。我自己的工作，就是不工作。

“导演，女主角已经进场。”

“第一个场景开始，你要用长满络腮胡的嘴巴亲吻摄影机，要用力吻，像最后一次和你最爱的人亲吻。”

“导演，这个有点难度，我嘴上的毛太多，我想把它们一根根拔下来。”

“好，你把它们整整齐齐地摆在你面前，就像每一根横卧在你胸前的肋骨一样。”

“男主角呢，他在哪里，我要见见他。”

“你不能见，你只能在第九个场景的洗手间的马桶里看到他一次。”

“如果见不了他，我入不了戏。”

“要不这样子，你也来当男主角，你就可以见他了。”

“谢谢导演，实在太棒了。”

电影就只有一个长镜头，把蒙太奇从片场里面赶走，不用特效，不用替身，不用化妆。故事讲的只有一个，就是女主角的一生。女主角到底有什么样的人生，你问我干吗，那当然问女主角啊。

肯定会有出生的场景，第一次来初潮，第一次和男人接吻，第一次和男人做爱，第一次难产，第一次生孩子，第一次离异，第一次死亡，我把她的所有的第一次，都记录在这部电影里。

• • • •

这部电影只能拍一次，人生只有一次，因为再找一个女主角，就超过预算了。

“导演，这部电影大概要拍 27 年。浓缩在电影院里，大约可以放 96 分钟。”

“再压缩一点，我要控制在 95 分 59 秒。”

“可是，最后她被火化的场景就少了 1 秒。”

“那就让她早死一天。”

“我这就安排。”

这部电影，不能在电影院里放，太庸俗了，爆米花，可乐，臭脚丫的味道，还有会说话的手机。不行，不行，绝对不行，我绝对不能在这种地方放我的电影。

“我要在眼里面放。植入进去。”

“导演，电影票要卖多少钱。”

“免费，全部免费。”

“可是，这样子，电影就收不回成本了。”

“成本是什么，收益是什么，利润是什么，分成比是什么，我都不知道。我就知道，我的电影就只能这样子。”

• • • •

他们是同意我这样子拍电影的，他们都说我是个怪才，我把那些叫我天才的人都丢到垃圾桶里，他们只懂拉镜头和跟镜头。我懂的是修辞手法，我懂的是时空定理，我懂的是客观存在。

“电影上座率怎样。”

“导演，超乎意料，每个人都在看！”

“很好，告诉他们，把每一个看过的人都抓起来，判死刑。”

“为什么啊？导演。”

“因为他们偷窥了一个人的死亡，除了死神，谁都不被允许。”

“导演，那你也会被判死刑啊。”

“这个当然，就像所有的必然都是偶然，所有的偶然必定是必然。”

• • • •

我不确定，是否是因为在白天里，和那个傻小子在一起混得久了，连我自己也被拉低了智商，于是晚上去到了这座梦里的片城。

不过我得说，这还真是个得意忘形的梦。

就在我逐渐觉醒，梦也渐渐开始变得失真，我还是想要再多停留一会儿，企盼着能一遍遍地回到并回味着刚刚这个梦里的每个细节。

我就是偏爱这样古怪离奇的梦——虽然毫无现实可言，却又远比现实有着更加真切的疯狂，以至于梦醒时分还会不禁恍惚——这是我吗？梦里的我到底是谁？

来自史晋的回复：

天哪，谢已！这可真是个够疯狂的梦。

我敢说，我解上一辈子梦，也不一定还能见到第二个“疯”成这样的梦——居然这样肆意妄为却又如此精致地安排着一个女人的生命——从她呱呱坠地，到被埋入棺椁，她的喜怒哀乐、爱恨情仇，都在自我的掌控之内。你在做着上帝才有资格做的事！

这个梦中充斥着原始的自恋满足以及浓浓的情欲，在极尽癫狂却又极致的掌控中尽情地与命运和死亡狂欢。对于成年人来说，那是久已被遗忘的孩童般的“全能”之梦，是一个人最初对这个世界发号施令之时，便能即刻兑现的魔法时刻。

很抱歉，谢已，说到这儿时，我会觉得有点难过。尤其是看到你所描绘的白天里的经历，按部就班、平淡无奇的感觉，竟和这个梦之间形成了如此之大的反差。如果梦中的这个任由你摆布的“女人”，象征了母亲、世界、命运以及情感的话，我甚至都不敢想象是什么让你在面对这些之时压抑了如此之多的生命的热情。我猜那应该连着一个伤痕累累的童年吧（抱歉这么说出了我的看法）。

最后，祝贺你这么快就找到旅伴了，虽然他只出现在你旅程中短短几天。在我眼里，姜来这个“傻小子”，就是一个不折不扣的“愚人”。不过，从另一个角度来看，跟着不管不顾的“愚人”走，你看到的风景，是不是也有别致的景象呢？这个梦，似乎就是写照吧。

济南
Jinan

早上 10 点多，K1026 次火车从青岛火车站准点开出，窗外的青岛的风景，一点一点地偏移。

姜来一整夜没有回来。没来得及告别，我和姜来，我和青岛，就要分开了。

我很喜欢青岛这里的海，带点生活的油烟味，不至于像马尔代夫之类的大海，活生生被整成一个玉洁冰清的女神，无法触碰。

青岛的海，就像上海便利店里的收银大妈，收钱的时候，一副爱理不理的样子，可是半夜归家的路上，唯一可以找到慰藉的，甚至可以和你聊两句话的，就是这些大妈。

正当我还在回味青岛的大海之际，姜来一屁股坐在我的旁边。

“你怎么在这里！姜来！”我被姜来的出现吓了一跳。

“谁让你不给我写明信片，那我只好跟着你走了，省得你给我写七扭八歪的明信片了。”姜来一边说，一边把他那个塞得满满的登山包抬到硬座上面的行李架，末了还不忘跟别人换座。

“你什么时候弄的装备，我看你在青旅的时候就背了个背包而已。你……该不是要和我一起环游中国吧！？”我的小心脏差点被吓得跳出来。

“你终于聪明了一回，谢已，我就是要和你一起走。”

我半天憋不出一句话，到底我上辈子招惹了什么人，要让我这辈子的环游中国之旅，被姜来这个人缠住。

• • • •

“你在青岛好好的，干吗非要跟着我。不行，你得给我下车回青岛。”

我把姜来刚刚放好的登山包从车上拽了下来，重重地砸在姜来的大腿上。

“哎呀，我的腿，痛死了。”姜来被登山包压得严实。

“你看，就这点重量砸一下你就呼天抢地的，你环游个屁。”

姜来泪汪汪地看着我。

“可是，我真的很疼。”我看到他泪水真的飙出来了，脸色也有点难看。火车上，旁人的眼光也纷纷投在我俩身上。

发现有点儿不对劲，我下意识地把姜来的登山包抱起来，看到穿着短裤的姜来，大腿上居然不知道被什么东西给割伤了，有一道伤口正缓缓地溢出血。旁边的旅客看到也吓了一跳。

我赶紧从自己的登山包里掏出消毒药水和创可贴给姜来包扎，幸好只是皮外伤，不是很严重。

“我的腿会不会就这样废了。”包扎的时候，姜来可怜兮兮地看着我。

“神经病，当然不会。”

包扎完，我把姜来的包打开，我看到底部有散落的账篷地钉，大概是我把登山包扔下来的时候，锋利的账篷地钉刺穿了登山包，落在了姜来的大腿上。

露营账篷是我出行带的装备之一，之前姜来就很好奇地问过我环游中国要带什么装备，我都一一给他说了。虽然不一定用得着。

“你跟我说过要带的东西，我都配齐了。”姜来擦了擦眼角的泪说。

“配齐又有啥用，没有人会像你这样子，把东西一股脑全塞在包里，地钉这种危险的东西怎么能乱放。”我指责姜来说。

“还有，你买的这个包的质量也太差了吧。你到底会不会买东西，怎么一下子就戳破了。”

“也许是我买的账篷地钉质量太好了。谢已，你看，我腿都这样子了，你还好意思赶我回去吗？”姜来皱着眉头，眼里带着泪花，傻傻地看着我。

“对啊，你腿都这样子了，更应该回去。”我冷静地说。此时，火车已经启动了。

“不不不，我腿很快就好了，我……我……”姜来看到火车启动，迟疑了一下说，“我的意思是，谢已，你，你要对我负责任！”

姜来把旁边的旅客都说笑了。这话也让我觉得无比脸红。

怎么在他嘴里，我就成了一个抛妻弃子的角色，可要是真的，我也生不出这么大的儿子啊！

我把行李放好，坐下来，对着他语重心长地说：“列车都开出青岛了，现在你也走不了。那就跟我说说看，姜来，你到底想怎样？”

“我啊，很简单，我就想跟你一起去环游中国。”

• • • •

列车还在前行，从青岛到济南，得五个小时。

在这五个小时里，我一直沉默着，不说话，也不看姜来，就看着外面的风景。外面的风光很美，可是我一点都没心情去欣赏。

我很乐意在每座城市里面，认识一些新朋友。在青旅，和大家聊聊天，一起去玩耍，都没有问题。

问题在于，我只想一个人孤独前行，我没打算与别人一起分享，我自私得天公地道。

• • • •

下了车之后，姜来一言不发地，背着登山包，带着受伤的腿，一瘸一拐地跟在我的身后，缓缓走出火车站。

6月份的济南非常热，火车站外面人头涌动，闷热的气息，加上不太爽的心情，让这座城市变得无名燥热。

人，有时候就会在这种天气犯浑。

我停下，回过头看着姜来，姜来也停下来不动，他不敢直视我，吹着口哨，假装在看着火车站的风景，斜瞄着我，就像一个小孩子。

人群在我们之间穿行，我深呼吸了一口气，走到姜来跟前，把身材比我大一码的他，搀扶着向公交站走去。

“你是要带上我和你一起环游中国吗？”姜来小心翼翼地问我。

“我可没答应，只是不忍心看到你这么可怜而已。”

“那我就当你答应咯。噢耶！”姜来用另外一条腿蹬得起劲。

说实话，他非要跟着我走，我真没有什么办法拒绝。把这么“大”的一个人丢在陌生的城市里，这事我可干不出来，我良心过意不去。唯有见机行事，边走边看，实在不行，就找个借口甩掉他。

“你别高兴得太早，你要干什么让我不爽的事情，我就马上让你滚蛋。还有，把我的手机号码存好，以后别走丢了。”

“小的遵命！”姜来欢快地走起来，仿佛腿上的伤已经全好了。

• • • •

在济南，我们没有住青旅。我在济南有个好朋友，叫赵里。当我跟他说，我会经过济南时，他二话不说就邀请我住他家里。

事发突然，我来不及告诉赵里此行会带朋友一起到他家里，还担心会不会惹他生气。当赵里看到我带着姜来出现在他家门口的时候，他虽然开始有点小诧异，但没有不同意，反而跟姜来打得火热，看来是山东一家人。

赵里家里养着两只柯基犬，一只叫大闹，一只叫小闹，姜来一看到它们，比狗看到人还要疯，丢下登山包就抱着它们狂亲热。

赵里是个爱狗的人，看到姜来也喜欢狗，话匣子自然就打开了。

他们从养狗聊到游戏，从游戏聊到山东的特产，又从特产聊到旅游，他们在一个天马行空的时空里彼此吸引，仿佛上辈子是兄弟，这辈子才相认。

整一个下午，他们在家里喝着啤酒，吃着零食，聊着只有他们能听懂的话，完全忘记我的存在。

晚上，赵里请我俩到一家烧烤店吃晚饭，赵里和姜来聊得火热，我有点不爽。

这样的关系，谁能不吃醋。这就像把别人的老婆抢走一样，姜来抢走了我的好兄弟。

• • • •

这家烧烤店很特别，不需要自己点东西。店员把各种烤串烤好之后端到我们的桌前，我们自由挑选，吃多少，拿多少，可方便了。

“给我来十串羊肉串，再给我五串鸡翅，鸡胗也给我来两串，还有多加一盆毛豆。”赵里很开心地点着菜，不到半小时，这两个人已经喝了快一箱啤酒。都说山东人能喝酒，这下我终于见证了。

“你怎么不多吃一点，谢已。难得来一次济南，好好尝尝。这家店是我专门招待贵宾的。每个来这里吃过的人，都忘不掉这里的味道。”赵里说。

我可没什么胃口，想到要照顾姜来就觉得烦恼，更何况我又陷入这种无中生有的醋意。

“你们多吃，我不怎么饿。”我夹了几个毛豆在我的碗里。

“哎，对了，谢已，你怎么不喝点酒。我看你光喝可乐，有意思吗？”姜来拿起酒杯劝酒。

“我酒精过敏，不能喝酒。来，我以可乐代酒，敬你们一杯。”我勉强地说。

“这可怎么行，可乐代酒，在我们山东人看来，就是不给面子，你说是不是，赵里。”姜来拿来一个杯子，给我倒满啤酒。

“就是，出来玩，就是要放松一下，别老压抑着自己。来吧，就喝一杯。”赵里也掺和着灌我酒。

“就一杯，不多。谢已，来。”赵里和姜来举着酒杯，等着我把面前的这杯啤酒干掉。

我忍无可忍，起身就走。

“喂喂喂，谢已你去哪里？你别走啊。”姜来从店里追出来拉住了我。

“好好好，不喝酒不喝酒，我错了，我们不该灌你酒。咱们发点酒疯，你就体谅体谅。”赵里也连忙走出来，劝我回去。

“姜来，我跟你说，我不喝酒，就是不喝酒，你以后要是再劝酒，你就给我滚蛋。”我生气地对姜来说，我把今天受的气，一股脑全爆发出来，说出来的那一刻，我也被自己的脾气吓到了。

“不喝不喝，我就是个混蛋，我错了。”姜来傻乎乎地摸着头说。

发泄完，我松了一口气，头也不回地回到了座位。

没多久，他们好像什么事都没有发生过，又喝了一箱啤酒，可是，再也没有劝我酒。

露天烧烤店，头顶的星星已经上场，烧烤炉旁的电风扇鼓吹着风烟，熏得我眼睛有点不舒服，不知道为什么，突然有点想哭的感觉。我抬起头，泪水倒灌，模糊了双眼。

● ● ● ●

在济南的第二天，姜来继续黏着我在济南城里游荡，我负责做导航和导游，他负责吃喝玩乐。昨晚的事，好像从来没有发生过，大概他是忘性大，而我是大人不记小人过。

在趵突泉公园里，他和其他小孩打起了水战，被围攻的他，到小卖部买了两把最大的水枪，灌满了水，把一片小孩子都喷倒在地。孩子们哇哇大哭，家长们也生气地追骂着姜来。

我拉着姜来赶紧躲到李清照的纪念堂里，在“冷冷清清，凄凄惨惨戚戚”的熏陶下教训姜来。

“这群破小孩，要不是你拦着我，我早把他们全部干翻了。”姜来反驳。

姜来甩着湿漉漉的头发，像只落汤鸡。

“人家都是小孩子，你一个大人至于吗？”

“难道我就该一辈子被别人欺负咯！”

“你还好意思说别人欺负你，那我被你欺负，看来我也要把你喷倒。”

我把姜来的水枪对着他脸直喷，姜来被突如其来的攻击呛到。

“你耍赖皮！都停战了你还喷！呸。”姜来把嘴里的水吐出来，差点喷到路过的人身上，那人赶紧走开，一脸嫌弃。

“我可不管，我又不是小孩子。”说完，我继续朝姜来攻击，他翻身抢走一把水枪。巡逻的保安看到我们的“水陆大战”把李清照的纪念堂喷得到处都是，觉得我们在亵渎先人，礼貌地把我们从公园里“请”了出去。

出门的时候，姜来还嚷嚷着退票，我让他赶紧闭嘴。

被他弄得如此丢脸，我也是第一次。

• • • •

随后的行程，姜来稍微安静了点，陪我逛完了五龙潭、黑虎泉，他说这地方都和趵突泉一个样，没啥意思，一路上索性抱着手机玩。

在大明湖，姜来非要划船，说要感受一下《还珠格格》里皇上和夏雨荷的情怀。在船上，赵里打电话来问问我们玩得怎么样，我说都被保安撵了，能差到哪里去，现在就准备到大明湖跳湖自尽。姜来马上抢过电话，跟赵里说他被小孩子欺负的事以及他单挑群孩的光荣事迹。

赵里在电话里笑疯了，约我们到济南的恒隆商场吃晚饭，听到“晚饭”两字，姜来马上把船划向码头。

晚饭过后，我在商场里看到一家户外用品店，我想起姜来的装备，于是走了进去，给姜来挑了一个新的登山包，价格合适，轻便耐用，比他那个破包好多了。姜来看到我给他挑选的背包，冷冷地给我一个鄙视的眼神，然后让服务员拿出最贵的那款，我有点无语，说：“你用不着那么高级的包。”

“要买就买最好的，不然像上次那样，多丢脸。以后还要陪你走漫长的路呢，这钱花得值。”姜来开心地刷卡买了一个接近三千块的豪华登山包。我和赵里看着姜来兴高采烈的样子，异口同声地说：“商店就爱这种人傻多金的客人。”

● ● ● ●

回到赵里家，我帮姜来重新整理行李，除了新买的登山包，里面的每一样装备都是好东西，超薄防水羽绒睡袋、碳纤维登山杖，每一样东西都比我的好，当然，也更贵。随便一条速干内裤，就两三百块钱，我出门的装备加起来一千块钱还不到。他说，这些东西，才花了两万块钱。

“你都是在哪个黑店买的？”

“我就按照你的清单，让户外用品店给我配的。我跟他说，东西都给我挑最好的。”

我随手拿起个登山杖，对姜来说。

“你这登山杖，他卖给你多少钱。”

“好像两千块吧，我没留意。”

我打开手机，在网上找到同款，给他看了一下网上的价格。

“才便宜 800 块钱。”他嫌弃地说。

“800 块也是钱啊，你这大傻 ×，你都被骗了。”

我气得要想把他带回青岛找黑店算账。我算了一下，这些东西比正常的价格翻了一倍，真黑心。

“你悠着点，又不是你的钱，就当被宰了呗。反正，我又不缺这点钱。”

“以前我在上海上班，每个月辛勤劳动，才赚一万几千。你买这些东西，相当于普通老百姓几个月的薪水，有这点钱还不如捐给山区贫困人民呢。我对你也是无语了。”

“什么，你每个月才那么点薪水啊？”姜来不识趣地说。

“什么叫才！”

“谢已，我说你啊，干吗老欺负姜来，人家花自己的钱你心疼什么，又不是花你的钱。”赵里抱着狗，凑热闹来说我的不是。

“行，我不管你。反正行程的钱要AA，我可没那么多钱来伺候你这个纨绔子弟。”

我把东西收拾好，递给姜来。

“谢哥，没问题。你要是缺钱了，告诉我，我来包养你。”

“祝你们一生幸福。”赵里放下狗，拍着我俩的肩膀说。

姜来一脸傻笑，我可笑不起来。

• • • •

赵里每天晚上都会下楼去遛狗，姜来主动说帮他去遛，我担心大闹、小闹在姜来手上会有生命危险。

没办法，我只好跟着姜来一起下楼遛狗。

“谢已你别担心，就让他陪大闹、小闹玩一下呗，它们跑丢了无数次，每次都会主动回家。小区楼下就有个小花园，你们就在下面带它们跑跑。”赵里说。

我牵着大闹，姜来牵着小闹，走出家门。出了电梯，两只狗像疯了一样往外跑，要不是系着狗绳，我真怕它们跑丢。

姜来倒是很懂狗，大喝一声，两只狗立马乖巧起来，跟在我们的左右两边。

在小花园里逛了一圈之后，狗还没有大便，姜来便说它们可能不想在这里大便，想出去。我说你怎么知道，他说他就是知道。

• • • •

小区旁边是个军营，军营的大门亮着灯，门口架了几座铁马，摆得像个迷宫一样。姜来把狗遛到军营门口，门口站岗的哨兵没有低头，但眼光俯视着他们俩，看他们没干什么出格的，一动不动。

姜来站在军营门口，看着头上的红色五角星，突然敬了个礼。

“我小时候就想当兵，一直觉得当军人可帅气了，可惜我没有机会了。”姜来说。

“没什么可惜的，我从来就没想过当兵。”我说。

我拉着大闹往回走。

“谢已，如果你有个最好的朋友去当兵，你也会一起去吗？”

“不会，我从来没有那么壮烈的友谊，也没那么伟大和勇敢。”

“这就是我们的区别。要是我们早点认识，我一定能成为你最好的朋友，要是你去当兵了，我一定会跟着你去。”姜来看了我一眼，意味深长地说。

说着说着，小闹挣脱了姜来的狗绳，跑到附近人行道中间拉了一坨大便。

忘带纸巾的他，直接用手把狗屎捡走。我皱着眉头看着他的举动。

姜来把大便丢进路旁的垃圾桶，不知道是军营灯光的关系，还是姜来英勇捡屎的事迹，一瞬间垃圾桶闪闪发亮。

“小闹，你以后不许乱挣脱，知道吗？”姜来对着小闹耐心地教育，不慌不忙地把狗绳重新系上。小闹像是听懂了一样，趴在地上，吐着舌头，瞪大眼睛看着姜来。

“你还是挺适合当狗主人的。”我对姜来说。

“我养过狗，所以我懂。”

“我也养过，在我小学的时候，只是，狗被毒死之后，再也没有养过了。”

“你有想过如果它没被毒死，它现在会怎么样？”

我想了想，说：“狗的寿命最多十来年，要是没被毒死，早就老死了。”

“对啊，人固然有一死，狗也一样。只是，狗只能陪你十年八年，好朋友能陪你一辈子呢。”

“那我还是选择养狗吧，人心太复杂，狗比人简单多了。”

姜来摇摇头说：“你这人防备心怎么那么重，难道你想直到去世，能陪伴你的只是一只狗吗？”

今天夜里，他话里有话，大概是为了能继续缠着我吧，我没上当，轻描淡写地转移了话题：“这么有哲理的话，居然从你嘴里吐出来，不像你的风格。”

“也许我就长了个狗嘴巴，吐出了象牙。嘿嘿。”姜来突然把抓过狗屎的手伸过来，我被吓得拉着大闹往后退，姜来哈哈大笑起来。

“你那抓过狗屎的手别碰我，我可不想要狗屎运。”我被他笑得没了脾气，拉着大闹，头也不回地往家里走。

安全地回到家，姜来想到明天就要和大闹、小闹告别，非要把它们都拉到房间陪他一起睡。赵里说，反正都要洗床单，就随便吧。

赵里家只有两个房间，我和姜来挤在同一张床上，床不大，姜来的身材再加上两只狗，把我挤到了床边上。

关了灯，狗和姜来打起了呼噜。

• • • •

想到明天要安排两个人的行程，我翻来覆去，有点睡不着。

我悄悄地起床，习惯性地打开冰箱，只是里面没有我平时爱喝的冰水，生活突然变得陌生了，我有种淡淡的失落感。

站在阳台上，温热的风在吹，北方的夜晚特别干燥，风在脸上游荡的时候，会慢慢把水分抽干，似乎一眨眼，脸就会像裂开的土地一样干枯。

我还有很多问题想要问姜来，例如他到底要不要上班、家里人怎么办、他到底做什么的。就像当时在青岛的时候，他对我的好奇一样，现在，我也很好奇他。

我不爱管别人，别人的世界，过得再好再糟，我也不想过问。让我开口问这些直白的问题，就像把我捆起来丢进一条全是尴尬的河流。

回到房间，床被他们仨占领，已经没有我的位置，我把被子和枕头挪到客厅的沙发上。

大闹跳下床，跟着我上了沙发，睡在我的脚边。

有时候，狗比人还要通情达理，它们隐约有一种读懂孤独的第六感，当你需要它们的时候，它们马上出现在你身边。

可我也知道，我的孤独，即便养两只狗也不能解决。

而一个人到底有多孤独，才会在家里养两只狗。

这时候，轮到我搞不懂赵里了。

狗城
Goucheng

我的梦，总是以旅行的方式进行，一座城市紧连着另外一座城市。

赵里把两只狗放在我面前，赵里说他好孤独，好想我留下来。

“我用我的狗，换你在我的世界里羁留。”赵里硬把狗塞到我的怀里，是大闹、小闹，它们流着长长的口水，口水把我全身弄湿。

“不行不行，你看它们的嘴，我要去洗个澡。”

• • • •

我进卫生间打开莲蓬头，赵里和大闹、小闹坐在马桶上看着我洗澡，我把浴帘拉上，水在身上冲刷着，口水黏黏的，很难洗掉，我用刷马桶的刷子使劲刷，才刷掉一半。

比起口水，我更想刷洗掉的是刚刚赵里的那种窘迫、难堪的样子。

一个人怎么可以如此依赖另一个人？幸亏那不是我，不然在被拒绝时，要怎么收场。

我拉开浴帘，他们已经不在。

赵里，你在哪里。

我心里想着。

• • • •

房间里，什么都没有了，清空了。没有了沙发，没有了电视机，没有了狗，没有了人。

我打开家门，裸着走出去，楼道里也没有人，原来的电梯已经消失，变成一个直通上下的黑暗大坑。

我往楼梯走。

楼梯的灯，每走一步，就灭掉一个。我一直走下去，他们应该在小花园里。

楼梯突然变成滑梯，把我从上往下滑，每到一层楼的楼道，我就看到赵里站在那里看着我。

我感到眩晕、恶心！

一边在心里不断告诫自己：不要这样，停下！别去找他们，否则你一定会遭遇到最难堪的场面，你会被抛弃！那时，你就什么都没有了……可我真的没办法让自己停下来，就好像有什么在推着我去找他们。

那是一股更大的力量，是平日里那个假装淡定、假装不需要别人的我难以抗衡的。

• • • •

“你活该。你活该。你活该。你把我的狗弄丢了！”赵里说。

是的，我把狗弄丢了，它们都不在了。

“都是你的错，为什么要放它们出去，为什么？”赵里继续说。

我一直滑一直滑，掉在草地上，草地上有一坨刚拉的大便，我拿在手上，闻了闻。

这是它们拉的大便，它们就在这里。

“大闹、小闹，你们在哪里？”

“赵里，我错了，我对不起你，我不应该这样子，你快出来，你不要赶我走，你不要赶我走。”

• • • •

姜来出现在我旁边。

“都怪你，我都说了不要让它们走丢。”姜来说。

“你快点帮我找啊，它们应该在这里。”我说。

“都怪你，狗全死了。全死了！”姜来对着我大喊。

我看着手上，手上全是血，刚流下来的血。

“你把狗杀了，你还说你不是凶手。”赵里和姜来一起说。

周围的邻居也走上来，一整圈，把我围得水泄不通，他们指着赤裸裸的我在骂，骂我人渣，骂我败类，骂我凶手。

我都认了，我都认了，我都认了。

我大喊，我就是这样的人，你们能把我怎么样。

• • • •

一秒不到，他们就走光了，赵里和姜来也不在了。

我站上了楼顶。

我哭得泪流满面，说着，对不起，对不起。

我纵身跳了下楼顶。

· · · ·

狗就在登山包里，狗就在登山包里，我突然记起来了。

我对着空气大喊。

没有人听到。

来自史晋的回复：

完了，谢已你的孤独之旅这下要彻底泡汤了。姜来这家伙，简直比大闹、小闹的口水还厉害，你估计被他黏上了，马桶刷都刷不掉……

不过从这个梦来看，不得不说你真是被折腾得够惨。当然，折腾你的可不是姜来，而是你自己的心理冲突——对于陪伴、关系的拒绝，与此同时，还有对于这一切的渴望。

其实，单就梦里“用马桶刷刷去口水”这一举动，便足见你内心里的纠结了——这一表达拒斥的动作，是不是做得有点过于夸张了。

的确，我能理解的是，比这样的内心冲突更为可怕的是，回过头来的时候，整个世界就只剩自己一人了。就像梦中那样，拒绝赵里令我们感到后悔，可当自己拿出勇气直抒胸臆时，对方却转身离开了。

谢已，我没资格劝你，但这之后的梦，以及梦中你的样子，实在是太让人心疼了。这样的心理冲突，令你将所有痛苦的缘由都归咎于自我，就像在梦里被所有人指责一样……

不过好在梦里那“豁出去”的纵深一跳，终于让你“嘴软”了。说实话，看到这里时，我都跟着长出了一口气——你终于承认和看到了这样的自己——这是一个人的旅途，却又把所有人记录在了文字里；每一个和你在旅途中相遇的人，都早已被你悉心地装进行囊，印在心里。

另外，我觉得很好笑的是，现实中大闹、小闹肯定得留在赵里身边，但的确有一只小狗偷偷溜进了你的包里。你看那个爱惹麻烦的姜来，他在身后跟着你的样子，像不像一只知道自己犯了错惹恼了主人，于是眼巴巴又装着可怜兮兮的小狗呢。

天津

Tianjin

早上，大闹、小闹把我舔醒，我一脸口水。

赵里已经去上班了，只剩下我们。姜来还在床上睡得七倒八歪。

“快中午了，快起床。”我大声地喊姜来起床，他揉了揉眼睛，挣扎着爬了起来。

前往天津的 K970 次列车快出发了，时间不多了。

我让姜来去洗漱一下就赶紧出门。

姜来依依不舍地和大闹、小闹告别后，关上了门。我打电话给赵里，感谢他对我们俩的照顾。

赵里叫我有空多来济南玩，还特别嘱咐我，要好好照顾姜来。

他说：“比起姜来需要你，其实，你更需要姜来。”

他的话，我懂，但我假装不懂。

• • • •

姜来磨磨蹭蹭的，差一点就错过了火车，幸好出门打了辆出租车，结果济南拥挤的交通和闷热的天气一样糟糕。

司机开足了空调来抵抗这股夏初的热浪。

“你们是来济南玩的吗？”司机问我们。

“是啊，我们在环游中国。”姜来抢着回答。

“这么厉害，已经去了不少地方了吧。”司机回过头给我们竖起大拇指。

“呃，还没有呢，济南是我的第一站。嘿嘿。”姜来发现自己其实才出发，傻傻地说。

“那是你，我已经是第三站了。”

“下一站去哪里？去北京？青岛？烟台？”司机问。

“我们刚从青岛过来济南，下一站去天津呢。”

“天津啊，好地方，我去过，记得别去吃狗不理包子，又贵又不好吃。”

“好的，那我们就去尝尝到底有多不好吃。”姜来对我笑着说。

离火车开闸还有 10 分钟，我们终于到了火车站，经过安检验票，我们终于可以安心地坐在候车厅等待。趁还有时间，我去车站的小店买了一堆吃喝。

“这都是什么东西啊。”姜来问我。

“方便面、榨菜、火腿肠，火车必备‘三件套’，还有几瓶水。”我说。

“你怎么买这些破东西，你就不会买点麦当劳、肯德基吗？”

“我没你那么有钱，出行能省就省，能让你吃饱已经算好了。”

我泡好方便面当午饭，放了一整包榨菜，再把两根火腿肠丢在方便面里，我和姜来吃得一干二净。

"我从来没想过原来这东西这么好吃，实在太棒了！"姜来把剩下的面汤咕噜咕噜一口气全部喝完了。

"这是火车必备'三件套'，吃过一次，再也忘不了。"我说。

"你说中国人怎么这么聪明，居然能发明这样的神奇搭配。你知道外国人在火车上都吃什么东西吗？就只有汉堡、可乐和速溶咖啡。"

"我没出过国，我不知道。"

"那你应该出去走走，别老闷在国内。"

"不要忘记你自己正在和我环游中国呢。"

"噢，对，我都忘了。嘿嘿。那咱们还是先把中国玩一圈再出国去玩吧。"

• • • •

晚上 7 点多，我们到了天津。我在网上挑了一家在火车站附近的青旅。

青旅在一幢 40 层高的巨无霸大楼里，每一层都分成东南西北四个区域，每个区域都有十来间房子，而且每间房子都特别大，起码有七八十平方米。噢，忘了说，这里的房子都是复式的，也就是，这是一幢实际上有 80 层高的大楼。

青旅在 23 层，意味着我们要登上 46 层楼。这也许是全世界最高的青旅。

出了电梯，发现这里除了住宅，还有两家小卖部，整得跟便利店一样，还有正正经经的理发店、小吃餐饮店和婚纱摄影店。每家都开在住宅里，这让我想起老香港电影里面的重庆大厦，只不过，这是天津版的重庆大厦，没有外国人，只有中国人。

青旅在北区的一个偏僻的角落，我们绕了一整圈才找到。

开门的是一个高大的小胖哥，戴着眼镜，身材圆滚滚的，说着一口顺溜的东北话。小胖哥说他就是东北的。

他看了我身份证一眼，说："别叫我哥，我还比你小两岁呢。我叫你哥还差不多。"

"那不就跟我同年咯。"姜来说。

"对啊，我 12 月的，你呢。"

"嘿嘿，你看，我是 8 月的，你该叫我哥了。"姜来把身份证递给这个胖弟做登记。

"难得今天来了两位大哥，小弟的店真是蓬荜生辉。"胖弟笑得眼睛都快挤没了。东北人豪爽的自来熟式寒暄让我不是很习惯，或者，开青旅的人都是这副性子。

● ● ● ●

青旅分上下两层，上层住的是女生，下层住的是男生。男生都在一间大房间里，一共 3 张上下铺。阳台飘窗也是一个铺着席子的单床。

"那是我睡的地方，我跟你们也睡一个房间。"胖弟指着飘窗说。

姜来特别喜欢这个床位，可以看到天津海河的风景，夜里的灯光很明亮，照亮着两岸。

“我能睡这里吗？胖弟。”姜来问。

“那可不行，那是我睡的地方，你睡了，我这胖墩子往哪儿搁啊？”

“这不都是空床吗，加上我们才住了 4 个人。”

“要睡可以，但得加钱噢，行不，兄弟。”胖弟露出了一脸神秘的笑容。

姜来从钱包里掏出 200 块递给胖弟。

“够不够，不够我再给你。”

“我们就住两晚，你干吗非要浪费钱睡这里。”我纳闷地问，他这种浪费钱的行为真是匪夷所思。

“够够够，那你就睡这里，我把床收拾一下给你睡。”

胖弟很愉快地收走了钱，并且亲自给姜来收拾床褥。

我在旁边，默默一个人套着床单被罩，有钱使得鬼推磨，我心里面想。

• • • •

姜来说：“我饿了。”

看了下时间，快晚上 9 点，胖弟说这么晚，就到楼道里面随便吃吃好了。

姜来说不要。

于是胖弟推荐我们到对岸的和平路步行街看看。

下楼之后，姜来跟我说，他特别害怕这种楼，里面简直就像一个超市，什么都有，要是不小心着火了，都不知道往哪里逃。

“你不是睡窗边吗？火灾来了，你跳窗就好了。”我说。

“我还真这么想的。”

“你真胆小，你要是现在后悔还来得及回青岛。”

“天津就只有这么一家青旅吗？你干吗非要挑这里住。你下次能好好选吗？”

“我挑选青旅的原则只有两个：第一，便宜，第二，还是便宜。要是想睡得舒服，回家睡就好了，干吗出来跟我一起受罪。”

“我是怕你一个人孤单寂寞才陪你的。”

“得了吧，还不知道是谁孤单寂寞呢。”

“你这人，到底有没有良心。”

“应该没有了，早上被大闹、小闹舔掉了。”

“我好想念大闹、小闹，我们什么时候再去济南呢？”

“不知道，也许再也不会去了。这趟旅程，没有多少回头路走，只有向前，向前，再向前。”

• • • •

到了和平路步行街已经太晚，大部分店都打烊了，我们在其中一条小路找到了还开着的牛肉面店。

面店里，坐着几个穿着工作服、刚下班的男男女女，一脸的疲倦，玩着手机，吃着 8 块钱一碗的素面。

我点了两碗牛肉面，姜来怕吃不饱，多点了一笼小笼包。小笼包热气腾腾，姜来两三口就吃完了，看来他也是太饿了。

买单的时候，姜来说才 25 块真便宜的时候，店里的几个还在吃的人齐刷刷地看着姜来。

“这应该是我在中国吃过的最便宜的一次。原来天津还有这么好吃的面，才 8 块钱。我想，这水准在五星级酒店里，应该能卖 98 块钱一碗吧。”姜来和我走出面店，边走边说。

“你们青岛的消费是有多高，连 8 块钱的面都没有吗？”

“不知道，我没去吃过，我一直住在酒店里。睡酒店的床，吃酒店的餐厅，去酒店的行政酒廊喝酒。”

“你难道还把酒店当你家天天睡啊。”

“对啊，酒店就是我家。我这几年，天天住酒店里。”

“你在青岛难道没有自己的家吗，你要天天住酒店？”

“有，但我不想回。”

“你家人呢，你家人难道就不管你吗？”

“我爸妈都出国了，青岛的房子就我一个人住。与其住在空荡荡的屋子里，还不如住在酒店里，起码还能看到活生生的服务员呢。”姜来轻描淡写地说起家里的故事，我听后不知道该说什么好。

● ● ● ●

我们从和平路走到了北安桥，在青旅大楼的对岸找了个地方坐下来。北安桥上古典主义的乐女雕像和桥上的雕龙融为一体，金光闪闪，这座海河最耀眼的桥就在我们面前，车马穿行，像天津这座开放的城市，夜不停息。

“虽然我不太想问，既然你都开了个头了，你就跟我讲讲你的故事吧，让我好好了解了解你。”我忍不住地说。

“没啥好说的，就是我爸妈在我小时候就离婚了，各自出了国，再婚，生孩子。我小时候，他们就送我到国外读书，毕业之后，我就回到中国，待在老家青岛。我爸妈都事业有成，钱多得没处花，他们俩每个月都给我打几十万生活费，这就是我现在的状态。”他说这话的时候，就像在说别人的故事一样，不带一点感情色彩。

“所以你不工作？”

“做什么工作啊？像你一样，每个月累得像狗似的才赚一万几千吗？我什么都不干都有几十万一个月。”

“可是，你不觉得你的生活很空虚吗？”

“是啊，所以我就想跟你一样，环游中国。”

“那你爸妈知道你出行的事吗？”

“不知道，他们也不管，每个月打完钱，问候两句，就不再理我了。”

我叹了一口气说：“也许是他们觉得给了钱就足够了。”

“嗯，给了钱就足够了，我也这么觉得。我很识趣，我也不问他们多要其他东西。”

“什么东西？”

“就是家庭、亲情啊之类，我从小就没期盼过。”

“可怜的破碎家庭的孩子。”

“别可怜我，我最不喜欢别人可怜我。”姜来像变魔术一样，不知道从哪里掏出一根烟和打火机，点起来。

“你知道吗，在扬州的时候，那个腿快走不动的青旅老板，她也这样跟我说过，不要可怜她，她不希望别人因为可怜而怜悯她。”

姜来没说话，抽着烟，烟头的火光在他吸气的时候，像火球一样明亮。虽然我不喜欢别人在我身边抽烟，但我知道，他抽的不是烟，是不甘，是寂寞。

● ● ● ●

我把话题一转，问他到底为什么突然想到住青岛的青旅。

他的答案出乎我意料，并不是我想象中为了体验生活而选择青旅，而是他定错了酒店。

“我本来是想要定柏悦的，结果一不留神，就定了柏海。嘿嘿。”姜来笑着说。

“我将错就错，住下来，然后嘛，就遇到你咯。”

我被姜来的蠢萌弄得哭笑不得，当然也有可能姜来真的太孤单了，才不得不选择了青旅。

“走吧，回去吧，其实，青旅也没你想象中那么糟糕，还挺好玩的。”我对姜来说。

“是的，青旅没那么糟糕，只要不住在像超市一样的大楼里。”姜来露出了诡异的笑容。

经过北安桥的时候，卖唱的野生歌手弹着吉他，卖力地唱起了《斑马，斑马》。

斑马斑马 你不要睡着了

我只是个匆忙的旅人啊

斑马斑马 你睡吧睡吧

我要卖掉我的房子

浪迹天涯

苦情的歌，带着悲伤。悲伤是一种传染病，每个人似乎早已病入膏肓。

姜来大方地往歌手的帽兜里丢下100块钱，歌手兴奋地连说几句谢谢，然后唱起了欢乐的《小苹果》。

回到青旅，店里关了灯，点起了浪漫的小蜡烛，胖弟老板和几个小女孩一起坐在一楼的大厅里，玩着桌游。

姜来看得特别认真，他说他从来没有和其他人一起玩过桌游。

“来吧，帅哥，一起来玩。”其中一个小姑娘让姜来加入。

“真的可以吗？”姜来问。

“当然可以，快坐下。”小姑娘们挤出位置示意姜来加入，姜来毫不犹疑地坐了下来。

“另外的那个帅哥，你也要一起吗？”另外的小姑娘问我。

“噢，不用了，我还要去洗漱，你们慢慢玩。”我拒绝了他们的好意，人一多，我就觉得害怕，我总觉得自己的不合群是因为我得了人群恐惧症。

回到房间，飘窗的床已经铺好，我把门关上，躺在自己的床上，拿起随身携带的电子书看起来。

外面的笑声不断。

人生，就是在这些不经意的时候，领悟到点点滴滴。朱自清的名言：热闹是他们的，我什么也没有。此时此刻，正是我的心情。

小时候读书，不太懂这些话，总觉得怪怪的，矫揉造作，无病呻吟，很多不懂的事情，以为都是别人一厢情愿的做作，长大亲身经历过后，忽然之间就懂了。

总有那么一管开塞露，让能迟钝的大脑茅塞顿开。

• • • •

只是，我怎么也想不通的是，第二天姜来居然邀请昨晚一起玩桌游的小姑娘和我们俩一起出行。

坐在前往五大道的公交车上，我气得一言不发，碍着面子，我不好意思在一整车人，以及那几个不懂事的小姑娘面前发脾气。

“我跟你说，谢已，他们几个是一起来大学毕业旅行的，长头发大马脸的，叫小多；那个顶着爆炸头的，叫爆爆；那个短头发的，长得像个男的，叫魏楠，我都叫她伪男；本来还有一个，结果她一大早来大姨妈，血流成河，就来不了。”姜来给我逐一介绍。

“你们是从哪里过来的？”我问坐在我面前的小多。

“我们都在北京上学，我是河南的，爆爆是东北的，魏楠是广西的。”

“噢，真的是五湖四海。”我淡淡地说。

“那你呢，你是哪里来的啊，帅哥？”爆爆把爆炸头转过来，扶了扶反射着黄光的大墨镜，墨镜把她半张脸都遮没了，我没法看清她到底长啥样。

“上海。”

“你是上海人啊，我也好想去上海。我特别想去上海看外滩。”魏楠插上了话。

“我不是上海人，我是广东的。”

“那咱们可是邻居呢，两广不分家。”魏楠说。

“我现在才知道你是广东的。”姜来有点惊讶地说。

“你又没问过我。”我说。

“我当然有，我在青岛刚认识你的时候，就问你从哪里来，你说你是上海的，我以为你是傲娇的上海人呢。”

“没错啊，我是从上海来，我也从广东来，这两个答案，在这个问题前面，本质上都没有什么区别。”

“你这话说得也有道理。人啊，就只有三大终极问题：我是谁？我从哪里来？到哪里去？谢哥他能把其中一个问题搞懂，比咱们几个都厉害多了。”小多说，我有点搞不懂她是抬杠还是认可。

“你们别跟姜来学坏，别老叫我谢哥，叫我阿已就好了。”我说。

“好的，阿已哥。”三个女孩异口同声地说。

我觉得脑袋有点要爆炸的感觉，幸好很快就抵达了，不然我肯定要伤害无辜群众。

• • • •

站在五大道的指示牌面前，姜来他们在仔细地研究路况，五大道其实应该是六大道：成都道、重庆道、常德道、大理道、睦南道和马场道，大道小路连成一大片，错综复杂，是一个开放式的旅游景区。

“走吧，别看了，看完你这路痴更加不会走了。咱们租自行车去。”

租自行车这个点子，是从网上查到的，青旅的胖弟虽然在天津开青旅，可是他只懂吃喝，对天津的旅游景点一问三不知，于是我只好求助互联网。

“车篮里有一张骑行地图，你们就跟着骑，两小时就能回来了。”租车的大妈跟我说。

我们一共五个人，以重庆道为起点，沿着两旁道路，浩浩荡荡地出发。

五大道作为昔日的英租界，有着辉煌灿烂的历史，道路不宽，可是每一间楼房，都有着浓郁的异国风情。建筑设计师，把这片普普通通的中华土地当作建筑的试验场，让各种精美绝伦又富有创造力的宅邸把这里变成中西合璧的迷你小镇，20世纪民国时期的审美素养，在这里一览无遗。

一直在上海生活的我，早就对这类万国建筑博物群失去了兴趣，无论是前不久刚去过的青岛八大关，还是上海最引以为傲的外滩。

“这里的东西，跟青岛的八大关有啥区别？”姜来骑着车问我。

“来这里看建筑，你需要用自己的想象力。”我说。

“怎么想？”

我让他们从自行车上下来，停在一个看上去很普通的宅邸前面。

我指着宅邸，对他们说：“我不懂这些房子的历史，我也不知道到底这间房子曾经住过谁，可是，你看……”

他们顺着我的手指的方向看去。

“你看着这窗，上面的红漆早就脱落了，露出了原木的窗框，后面还挂着旧得发黄的窗帘，你想想看，这里可能住着谁。”

“一个老头？老太婆？”爆爆不屑地说。

“如果是一个老太太，那她为什么还住在这里？”我问爆爆。

“因为穷呗，要不，就等着拆迁赔钱换新家。”爆爆继续说着。

“那为什么住在这么豪华的房子里面的人会穷呢？他们是不是发生过什么事情？”

“也许，以前干了什么坏事被抄家了，什么都没有，就剩下个破房子。毕竟住在这里的人，以前肯定是非富则贵。”小多想了一想，慢悠悠地说。

“不对，解放后，很多老房子被没收产权，全部充公，属于国家所有。后来住进去的人，其实都不是原来的主人了。有可能和我们父母一样，都是普通人。”魏楠明显就是接受过高等教育，说话明显有理智。

“唉，我们在这里纠结谁住谁不住有啥意思。”姜来很不耐烦地说。

我使出我的撒手锏，用尽我的想象力，给他们一个完美的解释：“如果我跟你说，这里住着的是一个老太太，年轻的时候，她嫁给了一个从英国来的绅士，可是没多久战争爆发，这个老太太的丈夫被迫回国了。回国的时候，他对老太太说：亲爱的，我会回来的，在这里等我。结果，这一等就是好几十年，她丈夫再也没有回来，不知道生，不知道死。老太太从他离开的那天开始，每天都会打开窗台张望，看看丈夫是不是回来了，窗台上已经掉光的漆，就是被老太太的双手磨掉的。”

他们听完目瞪口呆，一会儿齐刷刷地给我鼓起了掌。

“瞎编也能编得那么精彩。谢已你太厉害了。”姜来不由自主地说。

“我这叫发散性思维，看这些破房子，不是用眼看，而是用想象力去看。”我说。

“那让我来想想，如果是我，我就会想象这户人家原来是一对外国夫妻，结果有一天女主人不小心从楼梯摔下来，死了。她的丈夫从此精神失常，认为是设计楼梯的人害死了自己的老婆。有一天，她丈夫假借翻修把设计房子的人叫来家里，想把他从窗台推下去，没想到脚一滑，自己倒从窗台掉了下去。男主人就这样死掉了，这个房子也再没有人住了。你看，我这想象力也够丰富吧。”

“好好的一个浪漫柔情的故事被你弄成变态杀人故事。”爆爆说。

“你们几个在我家门口干吗啊，好好的午觉被你们吵醒了，快走快走，你们这些游客一天到晚看看看烦死了。”

说时迟那时快，屋子里面走出一个穿着睡衣的大妈，凶神恶煞地赶我们走，我们赶紧骑上车，飞快地溜走。

“姜来，你的故事是对的。这大妈差点要把我们灭口了。”我说。

“看，关键时候还是我最厉害。噢耶！”姜来一兴奋起来就像疯了一样，在没有车的路上飞速骑行。

• • • •

没骑多远，天就下起了暴雨，我们连忙躲进一家咖啡店里。

“今天我特别高兴，我来请客。”姜来又使出他的绝招——买单请客，拉拢人心还是他厉害。

“那我们就不客气了。”女孩们拿起菜单点起来。

“我就要一杯黑咖啡。”我没看菜单就点了。

黑咖啡是我唯一喜欢的饮料，我喜欢那种留在舌头上的苦涩，慢慢品尝，伴随着回忆一起回甘。

第一次喝黑咖啡，是我刚认识林麟的那会。那时候刚到上海没多久，我在上海还没几个朋友，为了显摆洋气，我约林麟到家附近的咖啡店喝下午茶。

在此之前，我只喝诸如拿铁、卡布奇诺之类香甜浓香的咖啡。

当时，林麟虽是一个初出茅庐的小艺术家，但参加过一两次小画展，小有名气。

年轻的我，想对他表示自己的与众不同，当服务员递给我菜单，我看了一眼，装酷点了一杯黑咖啡。

林麟和我一样，也点了黑咖啡。

“原来你也喜欢喝黑咖啡。”林麟问我。

“是的。我喜欢苦涩的黑咖啡对思维的强烈碰撞，就像你的画。”

“换着法子赞自己有审美，我也喜欢。”林麟笑着对我说。

黑咖啡上来之后，还附上一小杯鲜奶和白砂糖。

我继续很做作地，什么都没加，就直接喝。

我还很清晰地记得，那差点让我想吐的纯黑咖啡的味道，就像一杯没有煮熟的中药，我皱着眉头，强忍着吞下去。近两个小时的下午茶是我人生最难熬的下午茶，我强忍着恶心，逼自己一定要把这杯黑咖啡喝完。我用手把弄着鲜奶和白砂糖，想趁林麟不留意的时候，偷偷地加点糖。

可我也留意到，每一次林麟喝一口黑咖啡，也都和我一样，微微皱着眉头。

“这家咖啡，味道好像不太好。”林麟说。

“我也觉得，还不如我家里的速溶咖啡呢。”我顺着他的话说。

“还是喝水算了，这家咖啡，下次也不会再来了。”

“是的。服务员，给我两杯水。”

我心里的重担马上放下来，终于有一杯水可以漱漱口。

我们俩咕噜咕噜地把服务员刚递过来的水喝光，特别满足。

• • • •

很久之后，在一个平常的深夜，我到林麟的工作室夜访，我们一边喝着黑咖啡，一边聊起了刚认识那会儿的时光。

我说，那会儿喝黑咖啡是为了在你面前装酷，显得自己有品位。

他说，他早就看出来，只是不想拆穿，人生都那么艰苦，何苦再拆穿别人。

他接着说：“其实，我也没多好，刚认识你的时候，我一幅画都还没卖出去，身上穷得响叮当，房租都快交不起了。可是，跟你见面总不能那么寒酸，于是，我去商店买了件新衣服，标签也没撕掉就穿来见你。见完你之后，我再把它退回商店。”

“你也挺有心机的。”我忍不住笑出来。

“你知道我为什么也点黑咖啡吗？”林麟问我。

“你也是在装酷吗，大艺术家？”

“不，因为黑咖啡是咖啡店里最便宜的饮料。我只有这个选择。”林麟笑着说。

我们俩笑得肚子都翻腾起来，笑我们曾经尴尬的过去，也笑我们自己年少无知。

毕竟，人生得要经历一段段尴尬的时光，才能获得成长，每一次回首都唤醒一次坚强，把脆弱的我们裹上一层层透明的茧。

自我和林麟第一次相遇之后，我们都不由自主地爱上了黑咖啡，好像品味黑咖啡的苦，能一直提醒我们曾经的软弱。

• • • •

“雨停了，我们走吧。”看着窗外渐渐弱小的雨，我说。

我们五个人一起重新上路。路上，还有丝丝雨滴落在身上，从屋檐上，从树上，从云上，我们很快穿过一条又一条道路。自行车溅起的水花落在路旁的草丛中，滋养着时光，滋养着岁月。

路边有人坐着马车从旁经过，像童话里的人物般美好。

我们把车还给店里，傍晚时分，小多说，我们去看“天津之眼”摩天轮吧。

到了“天津之眼”，雨后的黄昏落在城市的每一个角落，夕阳之下，每一座高楼大厦、平房住宅都像城堡一样辉煌灿烂。

女孩们叫我们一同上去，我看了看门票，觉得有点贵，不太想去，我觉得在下面看看就蛮好的。

“来都来了，不去就浪费了。”姜来不断地在怂恿我。

来都来了，这话其实特别自欺欺人，正是因为这种随遇而安的思维，即使是鸟不拉屎的景点，都有络绎不绝的人送上钞票。哪怕之后对天发誓再也不来这鬼地方，可是，来都来了，就像一句魔咒，诅咒着每一个旅行的人。

我被迫掏出 70 块钱，和他们坐上了这座全世界唯一一座建设在河上的摩天轮。

摩天轮缓缓上升，视线慢慢从窄到宽，子牙河、南运河，慢慢出现在眼前，两河在不远汇合成了海河，流向远方的大海。橙黄的落日，自地平线慢慢过渡到紫蓝色，两岸的灯光也逐渐亮了起来，像一条缤纷的彩带，包围着这片美丽的风景。

整座天津城，像一个被慢慢抬起的美人，接受我们真挚的敬仰。

我的心情慢慢地愉悦起来，花了 70 块钱，总算没有浪费。

到达最高点的时候，摩天轮的灯全部亮起来，三个女孩疯狂地叫起来，拿起手机不断拍照。

这么美好的时光，有这么多人相伴着，应该是非常幸福的时刻。可是，我隐隐约约有点落寞，坐摩天轮这么浪漫的事情，只应该和最爱的人在一起。

• • • •

“谢已你怎么闷闷不乐的样子。”姜来问。

“没有，只是想起了一些事情。”我说。

“什么事情，快说给我们听听。”女孩们八卦起来。

“没什么事情。”

“我们三个可是恋爱达人，有什么感情上的心事，记得跟我们说。”女孩们说完又回到自拍模式。

“是不是还在惦记着70块钱的门票，你一个大男人，至于吗？来，我们来拍个照，跟你出来玩了那么久，还没跟你合影。快，笑一个。”姜来把我搂了过来，拿起手机和我一起自拍。

我醒了醒，尴尬地笑起来，手机咔嚓一下，把我们俩定格在120米的高空，这是我们俩的第一张合照。

28分钟之后，我们回到了地面。

• • • •

和女孩们一起玩，其实没有我想象中那么糟糕，一路有说有笑，除了嘈闹了点以及每到一个地方都要拍照之外，其实也还好。

他们问我，为什么不拍照。

我说我没有这个习惯，我喜欢用双眼记录风景。

可你老了之后没有照片，你还能记得你曾经环游过中国吗？

不记得也不要紧，该记得的，永远记得，该忘记的，早晚忘记。

也许有一天，我会忘记我曾经到访过的城市，忘记每一次坐火车的颠簸。可是，和姜来在一起的时光，是我永远忘不掉的。

错城

Cuocheng

我的梦，总是以旅行的方式进行，一座城市紧连着另外一座城市。

期末考试，快迟到的时候，我回到了教室。

老师正在发试卷，我赶紧坐下来，掏出笔，正襟危坐，严阵以待。

老师把试卷发到我手上，在我的桌子上敲了三下。她一定是在提醒我下次考试要注意点，一定是这样子。

• • • •

考试全部是选择题。选择题很奇怪，只有两个选项，“对”或者“错”。

好奇怪的考试，我从来没遇到过。我偷偷地瞄了一下其他人，他们正做着和我完全不一样的试卷。

我看到我的试卷上写着“20×× 年度谢已期末考试”。

我签上名字，开始作答。

1. 你曾经在教室里偷偷自慰。

[对]　　　[错]√

2.你不止一次想杀死数学老师。

[对]　　　[错]√

3.你偷过家里的人的钱，还不止一次。

[对]　　　[错]√

4.你背叛过自己最爱的人。

[对]　　　[错]√

5.你把鼻屎弹在你最讨厌的人的杯子里还亲眼看着他喝下去。

[对]　　　[错]√

6.你在电梯里放屁，可是却第一个捏着鼻子。

[对]　　　[错]√

7.你把同事犯的错记录下来，匿名发给了老板，然后老板把他辞掉，你升职了。

[对]　　　[错]√

8.你其实每天都在逃避自己、逃避现实。

[对]　　　[错]√

9.你从来没有爱过你的家人。

[对]　　　[错]√

10.你爱的人，每次他们说完“我爱你”之后，你就会逃走。

[对]　　　[错]√

11.你其实比任何人都需要钱。

[对]　　　[错]√

12.最后一次回家，你只是为了确认他们还没有死。

[对]　　　[错]√

13. 你小时候会在台风天哭泣，因为你觉得自己就该死。

[对]　　　[错]√

14. 你有想过自杀，不止一次。

[对]　　　[错]√

15. 你养死过 57 条金鱼。

[对]　　　[错]√

16. 你觉得自己很可怜。

[对]　　　[错]√

17. 你假装自己与众不同。

[对]　　　[错]√

18. 你擅长假装一无所有。

[对]　　　[错]√

19. 你会否定这一切。

[对]　　　[错]√

20. 你会全部都选错。

[对]√　　[错]

我把试卷交到老师手中，老师马上批改。

“各位同学，今年年度最佳学生就是谢已，他这次考试成绩是全宇宙第一。”

“谢已你最棒，谢已你最厉害，谢已我好爱你。”同学们都在讲台下面呼喊着。

他们看着那个被绑在十字架的谢已。

他原来就是个圣人，他原来就是一个伟大的人。

没有人能像他这样，用没有决定所有，用否定确定肯定。

来自史晋的回复：

看你们这一天过得热热闹闹，感觉真是有趣。而且，原谅我不厚道却又难以抑制的联想——你和姜来，以及这三个姑娘的组合，特别像某种舞台表演。三个姑娘就像背景中的伴舞，或是和声女团，刚好衬托出你和姜来一前一后轮番交替地互演的对手戏——你带姜来“见识”外面的世界，而他则引你看到他的内心。

好，说回你的这个梦。首先，整个梦给人的感觉，就像你在白天里偶然忆起的那杯黑咖啡。你“错点”了它，却又将错就错地把它延续成了你生命特有的惯性与风格。而用“否定”表达确定，恰是梦中你对这张试卷——从小到大的人生画卷的作答方式。

不知姜来对童年的回忆是否与你的发生了共鸣，但从梦来看，我猜有时候你也许会觉得，自己并不是父母想要的那个小孩，甚至不是也许，而是很肯定地告诉自己，你就是“错误”的那个。这就是以否定确定肯定的秘密——并非值得夸赞的宇宙第一，而是一个孩子对父母的献祭。

这就是为什么梦中的你被绑上了十字架。通常，如果父母的感情出现问题或婚姻破裂，孩子都会沦为替罪羊。而一个家庭，乃至整个家族出现问题时，也需要由某个人出面担负起这一切。

所有这些都发生在潜意识当中，所以在表面上，这些献祭的人看上去的确是错的那个人，是人生中的 Loser（失意者）。更可怕的是，在这样赶尽杀绝的动力下，“替罪羊”往往都会遭遇被家（家族）和家庭成员放弃或放逐，极端的甚至可能走向精神分裂或死于非命。

好吧，谢已，关于这块儿还有一点是至关重要的——成为“替罪羊”的孩子，无一例外往往都是家庭、家族中最有爱的那个人。就像我在你和姜来身上看到的，无论如何你们都依旧以自己的方式执着地爱着这个——说起来有时很绝情的世界。

秦皇岛

Qinhuangdao

终于要离开天津了，四个女孩也要回程了。

昨晚他们几个玩桌游玩到很晚，可大清早还是艰难地爬了起来，跟我一起去吃狗不理包子。

尝过之后，我们一致认为狗不理包子跟普通的包子没有任何区别，看来济南的司机说得对。

我们带着各自的行李，从狗不理包子店走到火车站，经过天津火车站前著名的解放桥，站在世纪钟广场前面，姜来回头看了一眼这座钢铁铸造的桥梁，感叹这是他第二座到达的城市。

世纪钟的日和月拥有着祥穆的表情，不动声色地看着地表上和时间一起流动的生命，时间只朝着固定的方向前进，而我们的人生的方向，各不相同。

• • • •

分别之际，她们说好想跟我们一起去旅行。

小多说："我一个人可不敢出去玩，我的实习工作还没着落呢，回北京得马上开始投简历了，不然学校赶我出去我就只能睡大街了。”

爆爆说：“我毕业就回老家东北了，都说东北经济不好，那是因为我还没回去振兴吧。你们应该会来东北的吧，记得来找我玩，我请你们吃比狗不理包子好吃十倍的东北菜。”

魏楠说：“我要跟男朋友一起去上海，他昨天刚在上海找到了工作，我终于可以去看外滩了。”

因为大姨妈，这两天都躺在青旅的另外一个女孩也说：“我爸给我安排在他公司做财务，我不太喜欢，可是我自己又不知道做什么好，回去之后再说吧。”

我带点伤感文绉绉地说：“你们一定要好好记得这趟珍贵的毕业旅行，这也许是你们人生最后一次相聚，哪怕你记性再差，也要用尽全身力气来记得你们这一刻，最温柔的时光。”

女孩们抱在一起，哭得一塌糊涂，连女汉子爆爆也把早上出门化的烟熏妆给哭没了。

姜来看着她们差点要哭，他说他从来没有过毕业旅行，一毕业就回中国了，一直待在青岛。

我说我也没有，毕业之后就马不停蹄地工作赚钱，连说再见的机会也没有，在我的心底里，我很羡慕她们四个人，或者说嫉妒她们四个人。

● ● ● ●

她们坐上了回北京的列车。毕业旅行之后，她们就要各分东西，四散天涯。这种人生只有一次的经历，其实更多的是悲伤。只不过，我们通常用旅行所产生的愉悦来麻醉自己，假装用对未来的兴奋来掩盖离别的哀愁。

人生中到底有多少人，能够亲密地陪伴自己度过四年青春年华，这是一道一年级也能算的数学题。

• • • •

中午12点，我们坐上K1301次列车，车上同行的阿姨告诉我，要是去海边玩的话，应该要在北戴河下车，秦皇岛站离得比较远。

我打开手机看了下地图，发现阿姨说得对，于是我们提早一站，在北戴河站下车了。

这样一来，我就得取消在市里订的青旅了。

电话里，青旅的老板不愿意退款，说我们应该提前取消，现在取消一分钱也不退。我不太乐意和他争执，想就这样子算了，反正也就几十块钱一晚，当买个教训。

姜来把我的手机抢走，和青旅老板大骂起来，青旅老板说可以退我们一半的钱。

我连忙说差不多就可以了，得饶人且饶人，姜来才把电话挂上。

“你以后面对这样的人别那么㞞，你要理直气壮地跟他理论，拿回自己应得的东西。”姜来愤愤不平地说，鼻孔里差点就能喷出火焰。

“可是，我们确实也不对，能退一半，我已经偷笑了。”

“不管怎么说，又能呼吸到大海的空气，真棒！”他卸下背包，伸个懒腰，深深地呼了一口气。

• • • •

一出站，一群人围了上来，都是给自家旅馆拉客的。

“小伙子，住房吗？我家旅馆离海边不远，你们两个人一起，带沐浴，双床房，30 块钱一晚。”一个穿着花里胡哨的中年大妈走过来说。

“真便宜，青旅也要 60 块钱一晚，青旅退的钱刚刚好。”我说。

我们问了其他人，价格也差不多，姜来对中年大妈特别有好感，我跟其他人询价的时候，他还跟她唠起了家常。

姜来说不要选了，就碰个运气，去看看大妈家的旅馆吧。

我说反正也要到北戴河去，就走一趟看看吧。

• • • •

我们跟大妈一起坐上公交车，下车没走几步，就到了大妈家的旅馆。

旅馆很普通，在一个小巷子里面，有四层，我们房间在二楼，打开窗就看到对面人家，毫无风光可言。胜在房间干净整洁，有两张床和独立卫生间，可以安安静静地睡觉了。

姜来“大”字形地躺在一米八的大床上开心得要命。他说，这比他住的那些高级酒店要有趣多了，没想到这个世界上，还有 30 块钱的旅馆。是的，才 30 块钱，这个价格无可挑剔。

我看了下时间才下午 4 点多，我说我们出去走走。

姜来从床上跳下来，说好。

出门的时候，大妈问我们要不要在旅馆里搭伙吃饭，我想说好，可是姜来硬要去吃海鲜，于是就谢过了大妈的好意。

“你一个青岛人天天吃海鲜，来到秦皇岛也要吃。”

“我们青岛人吃海鲜，跟你们广东人天天喝汤一样，都是必不可少的。”

“你最好趁现在多吃点，如果去了大西北，别说海鲜，连条鱼你也看不到。”

“那我就只好带点鱼干去嚼。行不？”

• • • •

北方海鲜的做法比较单调，水煮成了最常见的方法，胜在海鲜够新鲜。我们在附近吃过尚算价廉物美的海鲜大餐后，向老虎石海滩走去。

傍晚的时候，老虎石海滩的收费人员也下班了，大门宽敞，我们没花一分钱就进去了。

海滩上有很多俄罗斯人躺在石椅上晒夕阳，石椅雕刻成流线型，虽然躺在上面硬邦邦的，但是还蛮舒适。

傍晚的海风夹着新鲜的海水扑面而来，翻滚的浪拍打着岸边巨大的礁石，激起的浪花有两三米高。勇敢的小孩站在礁石上，一边奔跑一边躲着水花，从一块石头跳到一块石头，脚上的沙子落在石头缝隙里，被晒干，又被吹起回到海滩上，周而复始，永不停息。

姜来在我不留神之际，脱掉了外衣裤子，剩下一条亮蓝色的泳裤，他一下子钻进了海水里，像一条没有鱼鳞的鱼，在海浪中穿梭。

“喂，你刚吃完饭就去游泳不太好吧。”我从安逸的石椅上站起来对着姜来大喊。

姜来没有回答我继续游，已经游出岸边快50米的地方了。浪花把我呐喊的声音卷走，藏在海底，就像无数深海里的宝藏。

我脱掉鞋子袜子走向岸边，傍晚的大海还是有点冷。

小孩慢慢跟着家人上岸，我从岸边走向安静的礁石，站在最高的地方看着这片蔚蓝的大海，目光所到之处，只有姜来和几个老爷子在游泳，老爷子们的蛙泳技术很纯熟，在海的远处上浮下潜。

姜来在海上回过头向我挥手，我像一个军人一样向他致敬，转眼，他又消失在茫茫的波浪中。

游了半个小时，姜来哆嗦着上岸，岸边的风越来越凉快，姜来把短袖短裤穿上后还觉得冷，我只好把身上的防风外套脱下来给他穿上。可惜衣服太单薄，他只好紧紧地靠着我，从我身上，借去一丝丝不值一文的温暖。

我们俩就这样不咸不淡地偎依着，坐在礁石上，看着大海一点点变暗。黄昏的余晖，在山的背后透过云朵射出，像一根根粗壮的箭，指向东方。

想起小时候，家里人带着我到广东台山的海边游泳，当地理书上的中国南海出现在我面前时，我目瞪口呆，瞬间就被大海征服。就像每一个第一次看到大海的人，面对眼前震撼的景色，任何语言都是穷乏的。

而后在上海，在前往崇明岛的上海长江大桥上，也揭晓了东海的面目。这次环游中国，我也终于在青岛看到了黄海，在秦皇岛看到了渤海。

这趟环游中国之旅，我收获了两片大海；我的人生，也正式集齐了中国四大海。

● ● ● ●

姜来很气愤地说："居然比我先看到四大海，我不服。"

"好好跟着我走，你也可以看完中国全部的海。"

"明明大海都是一样的，干吗非要取这么多名字，统一叫中国海不是挺好的吗？"

"要是全世界的人的名字都叫姜来，你不觉得这个世界突然一下变得单调了吗？"

"难道谢已就不单调吗？"

"给大海多取几个名字才不会单调，起码你看到的每一片海，都是独一无二的。"

"我应该是在青岛看海看腻了，反正我觉得都一个样。"

"你这个人一点审美都没有。"

"嘿嘿，我不审美，我只审丑。"姜来说的话经常让我接不下去，不是冷幽默就是无厘头。

准备离开海边的时候，我看到海滩上有个巨大的心形沙堆，应该是某对热恋中的情侣在海边相爱的痕迹，姜来经过的时候不怀好意地踩在了上面。

“反正晚上涨潮就会被海浪摧毁的爱情结晶。”姜来残忍地说。

我回头看一眼被摧毁的沙堆，来自破碎家庭的我俩，大概从小就对爱情嗤之以鼻。

• • • •

夜晚的北戴河很荒凉，没有什么好去处，我们溜达了一圈，回到了旅馆。旅馆一楼看门的老大爷安安静静地看着中央电视台的戏剧，我们路过时，看了我们一眼，视线又回到电视机。

回到房间之后，姜来向我撒娇让我帮他洗衣服，我受不了他发自内心的懒惰，趁他不留神把他反锁在洗手间里，告诉他不把脏衣服洗干净就不许出来。

出发到现在，他从来没有主动打理过自己的衣物，在济南赵里家当然可以很放心地使用洗衣机，天津的青旅也有收费的洗衣机借用，可是北戴河的小旅馆没有这么多高级服务，什么都要靠自己。

我知道姜来享受惯了高级酒店的衣来伸手、饭来张口的服务，可是，我还是希望这一路上，他能够独立点，最起码不要给我带来麻烦。

他在洗手间里待了快一个小时，没有一丝动静。打开门一看，发现他半裸着上身坐在马桶上睡着了，而他的衣服，依旧一动也不动放在洗手盆里。

我有点生气，可是看到他流着口水、打着呼噜的疲惫样子，我又有点于心不忍。

我只好默默打开洗手盆的水龙头，拿出洗衣皂，把他的衣服逐一洗干净。只是，给别的男人洗内裤，还是我人生的第一次。照顾他，就像照顾一个小孩子。

我晾晒完衣服后，叫醒姜来，他蒙了一下，问衣服去哪里了。

我告诉他我帮他洗了。

他说："我就说嘛，你肯定会帮我洗的，你看，我说得对吧。谢哥，谢谢你咯。反正我会好好报答你的。好啦，你赶紧出去，我要洗澡啦！"

说完，他把我从洗手间赶出来。我站在浴室门前，后悔自己又当老好人了。

洗漱完毕，关上灯，躺在各自的床上看着电视，他没耐心地换着电视台跳着看。听着电视机的声音，看着电视里跳动的画面，这个过程很催眠，我闭上了眼睛，感觉自己就像一艘漫无目的在大海航行的船，只有海浪的声音源源不断灌入船舱，除了大海和我，什么都没有。

● ● ● ●

姜来和我一样，提起山海关长城就很兴奋。我们从小接受爱国教育，也在"不到长城非好汉"的号召声之中长大，看一眼万里长城的源头，绝对是来秦皇岛最重要的事情。

当我们真正踏上殷实的长城的那一刻，我们都发自内心地流露出一种不可思议的表情，我们真的来到了长城，还是最东面的长城。

我们快步走到山海关长城的最东面——老龙头。入海的石城，屹立在海上几百年，舞浪弄涛，雄壮万分。

姜来看着无边的大海说："也许在古代，我是一个勇敢的战士，上阵杀敌，点燃烽火，浴血春秋；或许，死后还可以留个英年早逝、为国捐躯的美名流传一时，也说不定我的名字曾经被刻在某块石碑上，永垂不朽。"

我想了想，我应该不会那么英勇，说："我想，我应该会是一个落魄的诗人，流落他乡含辛茹苦，我会给死去的人写挽诗，也会为你这种英勇的军人饯行。除此之外，就没别的了。"

"谢已，那你这辈子会写诗吗？你能给我写首诗吗？"

"写什么，歌颂你的愚蠢和无知吗？"

"你真没劲，破诗人。"姜来不爽地说。

我笑了，在没有硝烟的战争中扳回一城。

• • • •

离开山海关之后，我们又到万里长城东起点的第一座关城，天下第一关。这里没有我想象中那么宏伟夸张，城楼上一块巨大的牌匾上写着"天下第一关"，就那么孤零零地竖立在那儿，守望着数百年的风雨。

向西遥望，野长城从山脚延伸，穿过弯曲的山，越到目光的尽头。那些孤零零的长城，没有人愿意登，就像家中垂暮之年的老人，多看一眼也不愿意。军事用途的长城，现在只有部分具有旅游观光的价值，这里曾经流淌过的鲜血，早已被遗忘了。

据说，现在还有迷信偏方的乡下人，专门来挖长城的砖块回去治病，研碎之后，配上中药喝下就能治愈各种疑难杂症。

想起小时候，我奶奶也干过类似的事情，只不过不是挖长城，而是让我服用香烛燃烧之后的香灰水，给我治疗半夜的惊醒哭闹。

我早忘记了偏方怪水的味道，只是记得那时候半夜惊哭，是因为我太想念已经跟爸爸离婚的妈妈了。我没敢告诉爸爸和奶奶，只是毫无抵抗地，任由浑浊肮脏的偏方怪水灌满我的童年时光。也因如此，从小就给自己裹上一层保护色的我，比其他同龄人更早熟，也过得更加安全。

直到开始独自承担自己生命的时候，我才真正地感到了真实的自我，可是，似乎已经太晚了。我那本应无忧无虑的童年，早被那偏方怪水浇灭了。

● ● ● ●

下午，我和姜来回到了北戴河，趁着阳光温暖，我们到鸽子窝公园下海游泳。

姜来只会蛙泳，我向他展示了我英俊的四种泳姿：自由泳、蛙泳、仰泳、蝶泳。我告诉他只有1%的人会这四种泳姿的时候，姜来眼里透露着敬仰的光，他说他也会一种特别的泳姿，让我带上泳镜到水下看看。

我潜到水下，看到他在狗刨式游泳，突然他转过身，把屁股对着我放了一个屁，一个特别壮观的屁，把海水都翻腾了起来。

我急忙冲出水面，然后把他按下水底。他挣扎了一会儿浮了起来，笑得一塌糊涂。

“你吃了我的屁！你吃了我的屁！笑死我了。”姜来大笑着说。

“跟你在一起，想安静地过日子都好难。”

“你别老紧绷着自己，吃个屁有益身心健康。”

“早知道中午的时候我应该多吃点土豆。”

“不，你得吃黄豆，吃了黄豆才能又响又臭。”

跟姜来在一起已经有一个多星期了，他的性格，我也渐渐有所了解，这些不大不小的玩笑，就像一个小孩子的捉弄，让人难以生气。

我呢，则越来越像幼儿园的老师，本来想舒舒服服地游个泳的愿望，就这样落空了。

• • • •

上了岸，姜来坐在海边晒着太阳吹着海风，他问我：“秦皇岛的对面，应该就是大连了吧。我们下一站去大连，对吧？”

“是的。”

“我们能坐船过去吗？”

“以前有，现在没有了，我还专门上网查了下。”

“好可惜，我还想能一起坐船去。”

“坐船没啥意思，除了看大海还是看大海，还不如坐火车。”

“所以咱们这趟旅程，应该是叫中国火车之旅吧。”

“如无意外的话，是的。”我想了想，计划里的行程几乎全是火车。

“你是抠得只能坐火车吧。”

“你要不乐意你可以选择走路。”

“可你为什么不徒步走遍中国呢，这样不是更牛吗？”

“我没这么疯狂。我是真心喜欢坐火车。你知道，江西上饶最出名的是什么吗？”

“不知道。江西凤凰古镇吗？”

“那是湘西。上饶最出名的是上饶鸡腿，那是只有在上饶火车站才有卖的传说中的铁路美食。”

“比肯德基还要好吃吗？”

“我还没吃过，所以要去尝尝。”

“被你这样一说，我还蛮想坐火车的呢。可我们这样子走，得多久才能到上饶。”姜来看着远方，眼里像在盘算着什么。

“心急吃不了热豆腐，你就等着吧。总有机会的。”

“你不会在那之前就把我甩掉吧？谢哥，求你了，你别丢下我，我再也不在你面前放屁了。”

忽然，姜来在海滩上对着我五体投地，周围都是一圈莫名的眼光。我被他莫名其妙的动作吓了一跳，连忙弯下身子把他扶起来。

“快起来，这么多人看着不丢脸啊。”

“嘿嘿，我就知道你不会。”姜来拍拍屁股上的沙子，给我一个恶俗的笑脸。

“你到底是不是戏剧学院毕业的，戏演得真好。”我无可奈何地说。

“再好的戏，也得有观众啊。”

“那我倒要看看你是一场多好的戏。走吧，回去了，该收拾收拾准备明天出发了。”

忆城
Yicheng

我的梦，总是以旅行的方式进行，一座城市紧连着另外一座城市。

有一种专门吃梦的神兽，叫作貘。

据说如果一个人总是被噩梦所折磨，就需要把貘请去。貘会守在床边，待那个人做梦时，便用它长长的舌头将那个梦一点点舔舐干净。由于梦被貘吃掉了，做梦的人醒来后也就完全忘记了那些和噩梦有关的记忆……

● ● ● ●

听起来，貘似乎是某种对人们有益的东西。毕竟没有人愿意做噩梦。

但有时我也会对这个传说存有那么一些质疑。假如一个人在白天里做了伤害他人的坏事，难道他不该在噩梦里受罚吗？若是一个人在现实中因为错误的选择而浑然不知地走向绝境，噩梦不正是某种警示和提醒吗？没有了噩梦，作恶的人或许更加肆无忌惮，而即将涉险的人，也许毫无觉察便一脚踏入深渊……

在这个梦里，和貘有那么点类似，我吃的是人的名字。

“来吧，告诉我你的名字。”我把一个女孩的手捉住，她跑不动了。

“张佳玮。”女孩哭着把她的名字告诉了我。

“很好，张佳玮，从现在开始，你的记忆都只属于我。”

我把她的名字吃掉，我是一个吃名字的人。

每一个被我吃掉名字的人，他们的记忆也一同被我吃掉。他们生命中的每一个细节都成了滋养我的养分，供给我生命生长的给养。

这个女孩的味道有点甜，带点年轻的味道苦涩，像大部分十来岁的女孩。

她暗恋着一个同班同学，一直没有表白，因为她知道他其实喜欢男的；她出生后就是家里的掌上明珠，家里经济良好，生活无忧，可是她亲眼看过他父亲带着其他女人回家做爱；她爱看浪漫的言情小说，她在看到男女主角亲热的时候，会紧紧地夹起双腿摩擦，脸上潮红。

像这样细碎的记忆，是每一个被我吃掉名字的人所留下的。每吃掉一个名字，我就像重新了活了一辈子，无论长短，反正都得经历一次。

● ● ● ●

我的身体里住着数不清的个体的记忆，就像一座由记忆构造的城。

每次吃完名字，我都会哭，哭得很厉害，哭得声嘶力竭，哭得惨绝人寰。我并没有杀人，我只是吃了一个人的名字。

“我的记忆，你喜欢吃吗？”每次吃完，对方最后留下的总是这句话，以及他们看到的我的身影。

“我好饿，我好饿，我好饿。”

我从来没有吃饱，一次都没有。每次吃完没多久，我的肚子又会咕噜咕噜地叫起来，里面应该有一只怪兽寄生在我的体内，我就是一个名字黑洞。

每一次我都说，这是最后一次、最后一次。

吸毒的人，应该都和我一样，戒不断。

一天三餐，我不知道从什么时候开始以名字为生，从盘古开天？从后羿射日？我不知道。

● ● ● ●

张佳玮在我身前，像丢失了灵魂一样走着路，她已经不记得自己的名字，也不记得她曾有过的记忆。她在路上走着，不知道为什么要走路，也不知道要去哪里。

其他人，也从此失去和这个人相关的记忆，他们再也不会记得有张佳玮这个名字的人在他们生命中留下的痕迹。我像一个无形的橡皮擦，会帮他们抹去一切。

她的家人会继续生活，她的同学也会继续上课，太阳依旧照样升起，这个世界从来不会因为谁丢了名字而无法运转，就像这个世界从来不会因为谁死去而死亡。

我不想说这是某种自我安慰，但有时我也的确会思考，一个人没有了名字，没有了记忆，真的是无关紧要吗？

人来这个世界上走一遭，无论遇到过什么，难道不该记住所有的经历吗？不然下一次不是还要因为全无记忆而重蹈覆辙吗……

● ● ● ●

“你给我站住。”有一个人把我叫住。

“你是谁。”我问。

“我是一个没有名字的人。”他说。

“我不信。每个人都有名字。”

“不信的话，你把我吃掉试试。”

我用尽方法，也不能把这个人的名字吃掉，我无从下口。

“这怎么可能，我居然吃不了你！”

“因为我就是没有名字的你。”

“不可能，我就是我，谁也不是我。”我大喊。

“来吧，告诉我，你的名字，我会好好善待你的名字，让它以优雅的方式被我吃掉。”

我的喉咙就像被人掐住，把我的话，往嘴里吐。

“我，我叫谢已。”我被迫说出我的名字。

“很好，很好。你的名字，很好吃。我很喜欢。再见了，谢已。谢谢你。”

最后一眼看到的他，在笑。

来自史晋的回复：

吃掉别人的名字，便拥有了那个人的记忆——从这个梦里，我认为自己似乎嗅到了一些对“他人”的渴望。也许正如你所说，那四个女孩之间彼此牵挂的情感令你心生嫉妒，也可能是因为姜来这个家伙实在令人琢磨不透而激起了你的好奇——总之，对于习惯了孤独的人来说，这应该是好事吧。

当然，这种连接他人的渴望仅仅只是个开头，或一个序曲。不过我猜也正是这些遇见和经历，悄然地撼动了这背后一直被“孤独”所囚禁着的某个部分，令其变得不安分起来。那个在梦中没有名字的家伙，即将苏醒了！

别担心，这个家伙并不是什么洪水猛兽，而是你的阴影人格——一个长期被压抑在心底里的自己。结合这个梦，更形象地说，是那个不被允许使用“谢已”这一名号的你。

当然，这个家伙不会真的像梦里那样，突然蹿到你面前吓你一跳，而会慢慢靠近并融入你现有或者说原有的生活——唤起很多并不令人愉快（好吧，很多时候是相当痛苦）的早已被刻意遗忘的回忆，同时也给你一成不变的日子带来真正意义上的改变。

你会碰上各种意想不到的人和事，面临更多、更大的心理冲突，当然随之而来的，则是对自我、生活乃至生命的重新认识……

大连
Dalian

清晨5点，我把姜来叫醒，我们要赶早上7点半的T133次列车去大连。

我算了下时间，得要赶上第一班出发的公交车才来得及。

姜来在公交站吃着我买来的豆浆包子，抱怨为什么要那么早起。

“你知道旅游和旅行的区别吧？”我问。

“有区别吗？”他说。

“当然有区别。旅游带着目的，是消遣；旅行则是为了寻找目的，是修行。”

“你能说人话吗？一大早你说这些东西我脑子消化不了。”姜来嘴里嚼着包子不解地问。

“旅游是花钱买享受，旅行则是花钱买难受。这下你懂了吧。”

“所以我们不是旅游吗？”姜来把最后一个包子吃完，显然他的胃比脑子更有容量。

“当然不是，我从来就没说我们是在旅游，我们是在环游中国旅行。”我把我吃剩的最后一个包子递给姜来，他毫不客气地吃掉，这已经是他吃掉的第五个包子。

“我又被你骗了，我还以为我们就像度假一样。真气人。”

“主动上贼船的你就甭想下船了。”

“可是，下次能别那么早起吗？我的起床气能把这宇宙给炸了。”

“可以，你以后都自己洗衣服吧。”

“别别别，我还是跟你早起吧。嘿嘿。”

“看来我又给自己挖了一个坑还主动地跳下去了。”

“别怕，我来陪你。”

“臭不要脸。”

“你才臭不要脸。”

• • • •

第一班到火车站的公交车 6 点准时到达，我们上了车，要离开北戴河了。清晨的道路畅通无阻，公交司机开得像赛车一样，两旁的风景光速消失，我努力地记住这座城市的样子。

已经走过 5 座城市了。

每一座城都像一个未知的谜，解开了一个谜团，又陷入新的谜团。神秘，未知，恐惧，兴奋，都是刚抵达时的心情，慢慢让人中毒上瘾。我有点喜欢在路上的感觉了。

临床证明，一个动作重复 21 次就会变成习惯。不知道，当我抵达第 21 座城市之际，是否也会成为我的一个习惯。

如果奔波成为一个习惯，那我还能重新安稳下来吗？还是，我要变成一只每天都在迁徙的鸟，从一座城到另外一座城，永不停息。

我不知道答案。

到了火车站，姜来主动地买了两份火车旅行必备“三件套”。

为了尝出最好的搭配，他决定每次坐火车都买不同口味的“三件套”。为了记录，还拿出笔记本认真地抄下品牌名称，价格、口感和评分也都一一分门别类。

我被他这种专业细致的无厘头钻研精神感动了。

“要是你把这功夫用在人生的其他方向，那这个世界应该会更美好。”我对认真做着记录的姜来说。

姜来说，你这个人怎么这么爱管别人呢。

我说，我确实有点。

姜来说，你其实是个控制欲极强的大男人主义者。

我说，你终于开始了解我了，这是好事情，起码我们开始有共同语言了。

• • • •

从北戴河到大连，6 个多小时的列车，绕着渤海湾大半圈，经过葫芦岛、盘锦、营口，最终到达大连。中途经过的玉米地和稻田，一望无际的绿油油。初夏 6 月，正是庄稼努力生长的日子。低矮的民居就在轨道两旁，普遍有个小院子，仔细地看，还能看到门口挂着的大串干玉米和红辣椒串，红红火火欢欢喜喜，北方特有的人文风景质朴无华，就像这片土地上的人民一样。

除了中午吃“三件套”，姜来一直在列车上靠着窗睡觉。我坐在硬座中间位置，夹在两个胖大叔中间不太舒服，换了各种姿势也睡不着。

我戴上耳机，拿起书来看。希望时间过得快一点。

中途经过车站，有人上车，也有人下车，我身旁的位置，也从原来的胖大叔到中年阿姨，再到美颜少妇，一直不停变换。

行李拿上拿下，车里只有行驶中途能稍微安静点，其余时间都热闹非凡。

• • • •

下车之后，我伸了伸懒腰，坐了这么长时间也是难受。

东濒黄海，面临渤海，大连身处温带季风气候，来自海洋的水汽让这里的空气比秦皇岛更加温润。我大口呼吸这里的新鲜空气，即使是在闹市区里，也比在闷郁的火车厢里要好。

从火车站到青旅，最快的就是坐地铁。

大连的地铁安检特别严格，把我们包里的东西用 X 光机检查了两遍，因为我们俩都带着万能军刀，还差点把我们扣留。

好不容易上了车，结果地铁的空调冷得要命。

我连打了几个喷嚏，鼻水直流。

我祈祷着千万别感冒千万别感冒，要是感冒，这一路走起来可难受了。

到了青旅，我从登山包里翻出维生素 C 泡腾片和感冒药，盖上厚被子躺在床上，希望把感冒给压下去。

“你看你，没休息够就出发，一不小心就病倒。今天咱们哪里也别去了，就在青旅好好休息吧。我也累死了，睡个懒觉。”姜来说完倒头便睡。

这家青旅的房间特别小巧，房间大概只有八九平方米，里面只有两张上下铺。6 月份不是出行的旺季，青旅里没多少客人，房间里只有我们两个人。虽然小，但很温馨。

拉上窗帘，下午灿烂的太阳被过滤得只剩下淡淡的白光，窗外几只小鸟在争吵。姜来已经打起了呼噜。我翻过身，慢慢欣赏以前的住客在墙上留下的涂鸦，总会看到某某到此一游之类，也有人用心地写着现代诗，以及大连旅游的心情感悟，有的留言甚至可以追溯到 5 年前。

这里的每一句话，都是一段旅程的记录。有无数人和我一样，出发、抵达、离开。在同一张床上，带着不同的故事入睡。

他们的世界，只能从这只言片语中获悉，我一边想着他们的故事，一边等待药力发作，慢慢入睡。

• • • •

醒来的时候，已经是傍晚 6 点，此时北方的天还挂着明晃晃的太阳。

太阳直射点正在慢慢从赤道往北回归线移动，北方的白天变得越来越漫长。

睁开眼一看，姜来已经从床上消失，不知道到哪里去了。我打他手机，发现手机在他的床上响了。这家伙，居然不带手机和房间钥匙出门。

我穿好衣服，想下楼问一下前台有没有见过他，话还没说，就看到他和别人一起在楼下大厅玩桌球。

“谢已，你醒啦，怎么样，感冒好点没？”

“睡了一觉，好多了。鼻水也止住了。”

“那就好，让我打完这把我们就去吃晚饭吧。”

“好，我已经饿死了。”

我在大厅里面，百无聊赖地翻着杂志。

姜来打桌球的动作很纯熟，身子半弯，屁股翘得老高，左手撅起四只手指，球杆横在虎口上，右手拿着球杆不断地前后比画，一只眼睛闭着，一只眼睛睁开，聚精会神在白球上。用力一推，白球连撞了几个不同颜色的球落袋。

姜来认真打桌球的姿态，让我看到了他优雅的一面，可惜这种优雅保持不到一分钟，赢了球的他大呼小叫，让满屋子的人都吓了一跳。

“走，今天请你吃大餐去。”姜来很开心地拉着我出门。

● ● ● ●

原来，姜来跟别人打赌，赢一局，100 块钱。姜来整整赢了十局，赢了 1000 块钱。

我很惊讶姜来居然有这种实力，我一直太小瞧他了。

姜来花了一半奖金，请我吃了一顿大连海鲜大餐，连 50 块一瓶明着坑人的啤酒也喝了两瓶。

“你天天这么花钱，能存钱吗？”我问他。

“存什么钱，家人买了家族信托，他们全死光我还能每个月照样拿钱。”

“你这个富二代，干吗不用这点钱创业，做点自己想做的事情。”

“没想过。我不会做生意。我学的是 IT，我就会写写代码。”

“IT 很好啊，互联网时代新贵，多少人挤破头想去学。”

“你知道，和我一起毕业的同学工作以后过的是什么狗日子吗？”姜来停下了筷子。

“每天加班到晚上 11 点才下班，第二天早上 9 点又要回去上班。每天对着电脑，写不完的代码，捉不完的 bug，没时间过日子，没时间谈恋爱，哪怕拉屎的时候满脑子里都是代码。我不想过这样的日子。”

“你可以选择自己想要过的日子，你可以住任何你想住的酒店，你可以大手大脚地花钱。可是，他们为了生活，没有选择的余地。”我对姜来语重心长地说。

之所以这么说，是因为我懂得这种生活，我以前过的就是这种生活，工作压抑，生活无望，人生好像除了工作就没有别的了。

“反正我不懂他们，我才不愿意当码农。生活是自己的，干吗活得这么累。”姜来很不屑地说。

• • • •

走出饭店，店门口有个乞丐向我们讨钱，我避开他的视线走开，姜来停下来，把今天花剩的、赌博赢来的钱全部给了乞丐。

乞丐高兴地趴在地上叩谢，嘴里一直念叨“好人一生平安”。

“你不知道这些乞丐很多都是骗子吗？说不定他们回家的时候

还开着豪车呢。”对于姜来的举动，我表示很费解。我曾经在网络上看到过，有不少白天装乞丐，晚上却去夜总会花天酒地的骗子。

“难道乞丐还用装吗？”

“当然，为什么不可以。”

“无所谓了，反正这钱也是赢来的。”

我对这种态度实在是反感，但我知道就算骂他、嘲笑他，他也会当作耳边风，甚至可能将我一军。

“你是从来没体会过穷人的生活吧。”我问。

“看你怎么定义穷吧，如果一月只花 1 万块钱，那高中的时候我也穷过。”他撒着酒欢，在路上愉快地说。

“我们来玩个游戏吧。”

“什么游戏？”

“明天，我们限制每人最多只花 100 块钱。我让你体验一把，当穷人的滋味。”

“为什么要跟你玩这种游戏，无聊。”

“明晚结束之前，我们比一下，到底谁花得少。谁赢了，第二天就要听对方的话。无条件服从。”

“你说真的？无条件，干啥都行？”姜来很兴奋地问。

“对，无条件，除了违法犯罪伤害人身安全的事情。”

“好像有点意思，那就跟你玩一把，别以为老子只会花钱，我穷起来，连自己都怕。”

“那就一言为定。”我说。

“一言为定。”他拍拍胸口向我许诺。

第二天一早，我们到青旅外面的路边摊吃早餐。我们的游戏已经开始，姜来很为难地只买了一个包子和一杯豆浆，平时他可是能吃五个包子。

我对他说，不要勉强自己，早点认输也是个英雄。

他说不，他一定能耐得住性子不乱花钱。

我说好，那我们就出发吧。

• • • •

对于我来说，这游戏再容易不过了。

对于姜来这种人，这游戏倒是显得困难重重。我认准姜来这种性格，我知道只有通过教训，才能让他学会珍惜得之不易的金钱。

交通费省不了，我跟他说，除非走路。

结果没走几步，姜来就饿得不行，在便利店花了 20 块钱买了一堆零食和饮料。

我说，我们要准备走长达 30 公里的沿海山路滨海路。

姜来求着我不要走路，我说可以，但我们得要去火车站坐旅游观光车，花 20 块钱。

姜来咬咬牙，说行。

上了车，姜来念叨观光车怎么这么贵，检票员没有理他。

他算了一下钱包里的钱，还剩下 56 块，今天出门，我们都只带了 100 块。除去即将要去的棒棰岛的 20 块钱门票，他还有 36 块钱可以花。

旅游观光车从火车站准点开出，经过市区里一座又一座广场，一座比一座宏大，都说大连有三多，山多海多广场多，看过之后才发现真是如此。

从拥挤的市区逐渐驶到岸边，说实话这条 80 年代才开放的长达 30 公里的战时公路，我实在不敢走完，就算姜来不说，我也会主动选择坐旅游观光车。为了吓唬姜来，还是要花点力气。

一路上，车会经过很多景点，我们在北大桥下车。北大桥是大连与日本北九州结为友好城市的友谊象征，连接着两座大山，碧蓝的大海就在桥下，我们站在桥上吹着海风、晒着太阳，原来还以为这里有其他东西值得看，结果五分钟就走完。

“要不我们走路到下个景点吧。”我对姜来说。

我看了下地图，大概不到一个小时就可以走到下个地方。

姜来看了一眼火辣的太阳和延绵不断的山路，㞞了。

我只好陪着他一起等下一班车，还好旅游观光车的票可以随上随下，姜来为不需要掏钱暗自庆幸。

等了半个小时，车终于来了，姜来蹦跳着上了车，上车的时候还回过头对我做了个鬼脸。

经过老虎滩海洋公园的时候，姜来想下车，我说我们的预算不包括海洋公园，姜来回过头凶狠地鄙视了我一眼。

“干吗千里迢迢来大连逛海洋公园？”我说。

“可我就想看看北极熊。不知道它在这里过得好不好。”

“你先顾着你自己。你想想你剩下 56 块钱能不能撑过这一天。反正，我已经想好对你的惩罚了。”我暗暗笑着说。

“当然可以，这算什么。今天还没结束呢。”姜来不服气地说。

本来，我以为姜来不会上这个当的，看他一路表现得很在意的样子，我也不能随便应付。我原本是想通过使劲给自己省钱，努力怂恿他花钱达到我的目标，只是姜来顽固不化，我担心物极必反，只好让他跟着我，有模有样地学着省钱花。

到了渔人码头，下了车，走了一圈发现这里其实是个很坑人的地方，敷衍的欧式建筑和冷冷清清的餐厅围着码头盖了一圈，除了停泊在码头上的渔船和远方的山还有点观赏的意境，这里的一切人造景观，都像是大部分的小学生作文，拖拖拉拉纯粹凑字数。

肚子饿了，附近也没什么价廉物美的餐厅，在视线范围内符合预算的，只有麦当劳。

我在麦当劳里面买了个汉堡和一瓶水。姜来什么都没点。

这时候，我花的钱还是比姜来要少。

姜来睁大眼睛看着我把一个汉堡吃完。

“我不吃，我不吃，我不吃。”他闭上眼睛默默念叨。

看他可怜兮兮的样子，我把喝剩下的半瓶水给他，他喝了两口就放在包里，依依不舍的样子让我感觉教育事业好像成功了一半。

“我饿了就喝水好了。”

“我不管你，反正我已经吃饱喝足了。”

• • • •

当我们终于来到棒棰岛海滩，走过半座山之后，姜来忍不住地在景区里花 10 块钱买了两根烤肠，就着那小半瓶水狼吞虎咽。

我赤脚走在只有砾石的海滩上，感觉十分特别。砾石被海水冲刷得很圆滑，像在做脚底按摩，我告诉姜来也来尝试一下。

姜来对我挥挥手，说要节省体力。

远方的棒棰岛孤零零地立在海上，其实就是一座很普通的小岛，就像此时此刻，坐在岸边的姜来一样。

“这是我一路上第三次看大海了。”我坐在姜来旁边，对他说。

“真不知道你对大海为什么这么着迷，我觉得都一个样。”姜来捡起石头在手上把玩，顺手一丢，石头经过一条抛物线回到海里，发出扑通一声。

“真是身在福中不知福。”

“我感觉你话中有话。”

“那要看你怎么解读了。”

• • • •

棒棰岛的海岸线不长，层层叠叠的岩石组成海岸线的岸壁，越往里走，岸边的礁石也变得越陡峭。

有人在远方岩壁底下，放着土派电影举办烧烤派对，几个戴着金链子、文着龙虎豹的光头大汉和大胸美女一起喝着啤酒在狂欢，看上去就是不好惹的人。

我没有地域歧视，但他们很容易让人联想到电视上、电影里的黑势力，他们都长这样子，感觉是从同一个村子里批发的。

姜来闻到从空中飘过来的烧烤味道，突然从饥饿中醒过来，向他们走了过去。我不知道他要做什么，我下意识地喊住了他。

他给我一个手势，示意我在原地等他。

要是在夜晚，这应该会成为一个可怕的电影桥段，可是大白天的，我也搞不懂他要干啥。

他走过去，我没听到他们在说什么，只见没一会儿，他们便嘿嘿哈哈地笑起来。没多久，姜来拿着两罐啤酒和一盘烤鸡翅回到我身边。

我很惊讶，我问他到底是怎么做的。

他心满意足地吃着烧烤喝着啤酒，对我说："这不简单嘛，我跟他们说，我肚子饿了，想吃烧烤，但我不想白吃，要不我跟你们猜拳，你们几个人中要是有一个人能赢我，我就滚蛋，要是你们全部都输给我，就让我随便吃随便喝。"

"我就吃准他们在美女面前肯定愿意和我赌一把，这群死要面子的家伙。"他边吃边说，满嘴都是油，冰啤喝多了，还打了一个大大的嗝，响声差点盖过海浪声。

"你真的赢了？"我盯着他的鸡翅好奇地问。

姜来看我一直盯着鸡翅，把身子扭到一边去，他压根就没准备和我分享这来之不易的免费午餐。

"当然，我赢了之后，他们一脸蒙，说出来江湖这么多年，从来没有见过玩猜拳有我这么厉害的人。和他们玩了两把，也算是玩出了感情，我走的时候还让我多带两瓶啤酒。想当年留学期间，我可是有名的唐人街拳霸。"

我没问他到底是怎么赢的，自从我看过他专心地做"三件套"的笔记、认真打台球的样子，我就知道他是一个好吃懒做的将军，其实只要他愿意，他可以攻打下任何一座城池。他未必真心想要占领这座城，也许只是想去买个馒头，喝个豆浆，或者纯粹是看不顺眼。

“好了，吃饱了，晚饭可以不用吃了。这下子，我可以省几十块晚饭钱。”他擦擦嘴巴，打着酒嗝自豪地说。

他拍拍屁股站了起来，头也不回地走了，看着他傲娇的身影，这下子该到我烦恼了。

• • • •

黄昏的时候，我们坐旅游观光车回到火车站，我说，时间还早，要不我们去星海广场吧，那是全亚洲最大的城市广场。

姜来看了一下钱包，问：“要收门票吗？”

“不用，免费的，坐几站地铁就到了。”我说。

“那行，走吧。看看全亚洲最大的城市广场到底长什么样。”

我们走了很长时间，才从广场的头走到广场的正中央，在纪念香港回归、高达 19.97 米的华表下面，我们望着巨大的广场。夜幕渐临，周围的高楼大厦亮起了灯光，站在广场里的每一个人，都显得特别渺小。

面朝大海，是横跨马栏河东西两岸的斜拉吊桥，亮眼的灯光把桥身照亮，娇小玲珑的月亮挂在桥的上方，正好衬托着“挑月桥”这个浪漫的名字。

往前走，一座像一本打开的书一样的巨型建筑，上面有一群玩滑板的年轻人，旁边的老人们在跳着真正的广场舞，大家融洽地活动在广场上，散发着各自的光芒。

这样的画面很迷人，但吸引姜来的目光的，不是这些实实在在的风景，而是在岸边的游乐场。

姜来拉着我到游乐场，看到五光十色的游乐设施，比小孩还要兴奋，硬拉着我一起玩。

我跟他说，你的预算可不够你玩哦。

他说，不管了，输就输吧。

“早餐 4 块，便利店买零食 20 块，旅游观光车 20 块，门票 20 块，烤肠 10 块。交通费一共 6 块。我还剩 20 块钱。”

姜来算了一下价格，碰碰车、海盗船，剩下的钱只够他玩这两个项目。

花光钱买了票，姜来先上了海盗船。我从来不敢玩海盗船，一直觉得这船会飞出去，也是某种莫须有的恐惧。

姜来倒是玩得很嗨，举起双手哇哇叫，旁边的人被他的尖叫声吓得更害怕。

下船之后，他跑去玩碰碰车，我不知道这类合法撞车的游戏有什么好玩的。姜来一看就是个糟糕的司机，因为他开车老是把别人撞得披头散发，事后还快速逃逸哈哈大笑。

玩疯了的姜来，下车的时候一不留神被旁边一辆没有停稳的车撞到了腿。我赶紧走进去，把姜来扶出来。撞到姜来的家伙一直说对不起，姜来说没事没事。

我扶着他走出碰碰车场，他的小腿有着明显的瘀伤。

“你跟自己的腿怎么老过不去，前不久才割伤了大腿，现在又撞伤了小腿。”

姜来哭丧脸似的看着我，说：“你是不是嫌弃我要拖你后腿了。”

“废话少说，你还能走路吗？”我认真地问。

“不太好走路，疼。”姜来揉着自己的腿说。

实在没办法，我只好搀扶着他上了一辆出租车，花光了身上全部的现金才回到了青旅。

• • • •

正当我准备从包里拿出红花油给他按摩消瘀的时候，姜来蹦蹦跳跳地对着我大笑。

“哈哈哈，你又被骗了。”

姜来说，那是他在碰碰车上掐出来的瘀青。

我被姜来骗得晕头转向，已经无话可说了。

“好了，我和你都花光了钱，我们谁也没赢，谁也没输，打平。”姜来这个不要脸的家伙说。

“骗我很开心是吧？你这混蛋！刚才我担心死了。”我对着他大喊。

“别生气嘛，你又没有说不能使诈，谁叫你把一个汉堡独吞了。”

“这跟汉堡有啥关系，你自己拿到鸡翅也没见你分我一口啊！”

“鸡翅可是我用实力赢回来的，你的汉堡只要花钱就可以买得到，这能比吗？谁叫你看我那么可怜也不理我，那我只好使出我最后的绝招。”姜来笑嘻嘻地说。

“我，我真被你气死了。”

我忍着即将爆发的脾气，不想再跟姜来瞎扯。当我脱掉衣服准备洗澡的时候，我的裤子后袋里掉出来一个一块钱硬币。

看来上天给了我一个反败为胜的机会，我把硬币在姜来面前晃来晃去。

“你看我在裤袋里找到了什么？我还剩一块钱。”

姜来没看我一眼，玩着手机，说道：“谁知道你是不是刚从背包里翻出来的。我不信，这不算数。”

要战胜没有底线的姜来，还有很漫长的路要走，我安慰自己道。

“别灰心，下次还有机会赢我。咱们都那么穷了，就别互相伤害了。可是，谢已啊，原来不花钱也这么好玩，要不，我们明天再玩一把这个游戏吧。”姜来对我说。

“别了，今天够折腾的。我承认我对你教育失败，没有下次了。”

姜来的世界，真是让人无法琢磨。

• • • •

接下来的大连行程，姜来发现原来不花钱也有这么多乐子，变得特别放肆。例如，他居然敢在大连广场捉走一只鸽子，藏进小背包，然后跑到东海音乐喷泉广场放生。例如，他跑到游艇码头，趁保安不注意偷溜进去，只是想看看游艇到底有多大多宽。例如，他在别人刚画完的街头涂鸦上面，用剩下的喷漆署上自己的大名。

我的旅程，快要变成了一场大冒险。

别以为这就完了，在离开大连的前一天夜里，姜来还把我带到市区某家高档的 KTV，说要带我见识见识世面。

这是一家金碧辉煌的 KTV，大门前的石柱雕着巨大的龙凤，正门起码有 5 米高，宽度大概能开进一辆坦克。

从正门走进大厅，是一条长达 50 米的走廊，由黑曜石般亮泽的黑色大理石地面和迎面而来的春宫雕塑展所组成。走廊两旁，每隔 5 米就有一座古罗马风格的镀金裸女雕塑，婀娜妖娆的姿态绝对是现代人的杰作，她们有的双手抓着胸，有的弯腰挤着乳沟，要是米开朗琪罗、罗丹他们还在世，一定会被眼前的景象震撼得说不出话。

KTV 的主人为了凸显中西合璧的元素，特意在房顶上雕满数之不尽的敦煌飞天，还别出心裁地给她们的飞天彩带上装上不断变化的 LED 彩带，把这座宏伟的殿堂填满欲望的光芒。

• • • •

我问姜来干吗带我来这种地方，姜来说等会儿就知道了。

我以为他只是想唱个浮夸的 KTV，结果包厢门一打开，一个快 100 平方米的 KTV 大厅里摆满了酒水，坐满了男男女女，环绕立体声音箱里放着经典怀旧老歌。而在最中间的真皮沙发上，正是前两天姜来在棒棰岛海滩上认识的几个光头大佬。

他们穿着浮夸，清一色的闪亮光头。竖领 POLO 衣服上大大的奢侈品商标，脖子上粗壮的黄金项链特别引人注目，手臂上露出凶悍的文身和硕大的文玩手串，手串已被把玩得油光发亮。如果说，时尚是没有公式定律，但土气真的有。

他们邀请我俩一块坐下。一坐下，脱衣舞娘便给我们递来酒水，她们美妙的身材既吸引我的目光又让我不知所措，我谢过她们，轻声地问姜来这是怎么回事。

姜来说，他们上次跟我猜拳输了不服气，邀请我来跟他们再玩一把。

我大吃一惊，心想我们可是无知小绵羊走进龙潭虎穴，我拉着姜来想要离开。

坐在里头的一个光头大佬喊住了我。

“小兄弟，别走。我们不是什么吃人的鳄鱼，你们这些年轻人就只会以貌取人。”他对着我说。

“不，我……我不是这个意思。”我被他这么一说，真吓着了。

“上次在海边输得一塌糊涂，我们可是心服口服。”他从口袋里掏出一根雪茄叼在嘴上，在他身后的小弟第一时间给他点火，他品尝了一口，把烟雾吐在我的面前，我挥挥手把烟雾驱散。

“小兄弟，我仇令方行走江湖这么多年，有无数人为了讨好我们请我们吃饭喝酒，连猜拳也故意输给我。姜来这家伙，够种，居然跑到我们面前挑战我们，还赢了！”

“仇大哥，姜来不懂事，如果那天不小心得罪了您，请您大人有大量，放过我们俩吧。”我紧张兮兮地说，感觉脸都要笑僵了。

说完之后，要不是他们俩哈哈大笑让我一脸蒙，我还真差点跪下来求他了。

“哎呀，谢已，你别害怕。你别看他这副凶巴巴的样子，他真的只是想跟我玩猜拳，为了邀请我还连打了三通电话，可有诚意了。”姜来兴奋地说，招招手示意我坐下。

我不知道姜来是真傻还是假傻，这明摆着就是鸿门宴。跟他一起进来，就是人生一大错误，可不跟着来，谁知道这家伙会做出什么惊天动地的事情。

旁边的脱衣舞娘，随着震耳欲聋的音乐扭动着身躯。仇大哥拿起酒杯，对着我干了三杯洋酒。

“兄弟，你看，我多有诚意。你要是不批准我跟姜来决一死战，你就不把我当兄弟。”

顾不上酒精过敏，我微笑着举起酒杯，为表示诚意，干了整整一杯。酒特别醇，也特别烈，喝下去，就像吞下一团火焰，火焰穿过喉咙，我感觉整个胃都在发热。

“兄弟，我都干三杯了，你才抿了几口。来，给这小兄弟倒酒。”仇大哥指使着我身边的脱衣舞娘给我倒酒。

我勉为其难地连喝了三杯。

一杯下去，平时不喝酒的我已经有点眩晕，三杯下去，我差点就不省人事。酒精过敏的反应也让我的身体红痒起来，浑身感觉又红又胀又痒，像一块在煎锅上吱吱作响的牛排。

• • • •

我迷迷糊糊地看到，姜来站起来和光头大哥们在猜拳，桌子上摆满了倒满的酒水。

“姜来，我跟你说，你不把我们全赢了，别想走出这房间。”仇大哥豪迈地说。

“来。十，十五，十，二十。走。下一个。”姜来和仇大哥的小弟们在车轮大战，三五下就把小弟给干翻，输了的小弟喝着罚酒也不忘给其他兄弟加油打气，现场气氛就像中国足球队大战巴西足球队一样。

原本在我旁边跳着艳舞的脱衣舞娘，看到我快不省人事也过去观战。

我像一摊烂泥躺在光滑的真皮沙发上，眼前的世界不断在旋转，我很努力地保持清醒，但身体就像一具僵尸，动也动不了。

“你这小子，行啊，把我十几个兄弟赢了。在这么多兄弟面前，我可不能让你赢。”仇大哥干了一杯酒之后，兴奋地大喊。

“仇大哥，我喊到嗓子也哑了，我想喝口酒润润喉。”姜来摆好架势挑衅地说，他眼睛里像冒着火光，斗志高昂。

“好小子，我仇令方要是不把你喝吐，我就不姓仇。”仇大哥握紧拳头，准备和姜来决一死战。

“好，来吧。十五，二十，十，没有，十，二十。仇大哥，不好意思，我又赢了。”姜来赢了。

“我这只是热身，不行，再来一把。”仇大哥又摆出架势。

可是，他岂是老练的姜来的对手，连玩了十盘，足足输了十盘。他干了十杯酒之后主动认输，脸喝得通红，酒气冲天。

“我跟你说，姜来，要是奥运会有猜拳比赛，你一定拿冠军。跟你玩，实在太给劲了。从今天起，你就是我大哥，我都听你的。”仇大哥搂着姜来，像亲兄弟一样说笑着。

“来，仇大哥，我和谢已敬你一杯。我今天也玩得特别开心，没想到来大连还能认识像你这样有意思的人。”姜来把我扶起来，递酒给我，我傻笑着迷迷糊糊地干了。

正当我以为我们能结束回家的时候，发生了一件让我意想不到的事情。

● ● ● ●

仇大哥的一个小弟，突然从腰后掏出一把长长的水果刀："这么嚣张不给我大哥面子，我今天不把你的手断了，怎么对得起仇大哥！"他大喊着，趁别人不留意向着姜来冲过来。在场的脱衣舞娘看到，马上跑到角落躲起来。

姜来还沉迷在赢遍全场的喜悦当中，和仇大哥喝着"交杯酒"，压根不知道接下来会发生什么事情。

我用尽全身力气爬起来，趁小弟不留意一脚把他踹倒，他重重地摔在姜来身后的玻璃桌上，手上的水果刀也飞落在躲在角落里惊慌失措的脱衣舞娘面前，舞娘吓得尖叫起来。

舞娘的尖叫声终于引起大家的注意，他们纷纷把目光落在小弟身上，只见他躺在玻璃碎片上，被玻璃碎片割裂的伤口流着血，他疼得哇哇大叫。

在场的其他小弟也反应过来，围在了仇大哥的身旁。

姜来被吓得目瞪口呆，看着地上的鲜血一动不动，要是我慢一拍，倒在地上流血的就是姜来了。

仇大哥脸色一下子变得冷静，从酒醉的状态醒过来，他放下交杯酒，一脸严肃地让人把小弟扶起来。

仇大哥拿起打火机点起了雪茄，抽了一口，用夹着雪茄的手指着他说："你这小子，吃豹子胆敢造反了是吧？居然敢对我的兄弟下手。”

包厢里音乐暂停，空气里弥漫着安静又恐怖的气息，他在地上哭着求饶，边求边哭，却没一个人理他。

我的酒一下子醒了，让姜来躲在我的身后。

“来，把他拿刀的手砍掉，拿去喂鱼。”仇大哥号令手下用他自己带来的水果刀把他的手给砍了。

“仇大哥，我们来这里就是图个乐子，这么开心的日子没必要搞出人命，对吧。”我嬉皮笑脸地对仇大哥说。

姜来也连忙站在我旁边，说：“对对对，大哥，你就饶了他吧。你看，我这不是完好无损站在你面前吗？”

仇大哥听完，低着头沉默了一会儿，转过身，轻声吩咐手下把小弟送去医院。

随后，包厢里的音乐重新响了起来，服务员进来收拾打扫，搬来新的桌子和新的酒水，要不是地上残留着血迹，我还以为时光已经倒流。

仇大哥应该是学过变脸，不然，不可能上一秒还是怒气冲冲，下一秒又嬉皮笑脸。

• • • •

“兄弟，真对不起，让你们受惊了。有时候，江湖义气害人不浅啊。来来来，喝酒喝酒。”仇大哥和气地对我们说，让我自己也觉得不好意思。

仇大哥亲自给我们递上新的酒水，我和姜来惊魂未定，不敢多喝，为了压惊，稍微抿了一口。

马照跑，舞照跳，仇大哥的手下们和脱衣舞娘又重新打成一片，仇大哥继续和手下们猜拳，酒水一杯接着一杯下肚，我和姜来成了这里最不合群的人。

好不容易结束，仇大哥说还要请我们吃夜宵，我看了下时间已经是清晨 5 点，按理说，不是夜宵而是早餐了。

我和姜来借口今天要离开大连，得赶紧回去收拾行李，推搪了一番才得以脱身。当我们从 KTV 出来，天已经亮了，第一束阳光落在脸上的时候还是冷的，清晨的大连很凉快，海风习习。

我们迎着清晨的海风，坐上了第一班地铁回青旅。

• • • •

列车里空空如也，我和姜来从梦一样的经历中醒过来，心有余悸，连话不停的姜来此时也无话可说。

我们俩憋了好久，不约而同地说出一句话："我们还是早点离开大连吧。"

他看着我，我看着他，共同经历了一场生死，让我们更加有共鸣。

"昨晚那么危险的时候，谢谢你为我挺身而出。"他严肃地说，我确定，此时的他已经酒醒了。

"没什么，你没事就好了，换作我，你也会这样子。"

"我以差点就被砍掉的左手发誓，从今以后，我都听你的。我再也不乱来了。"他举起左手，竖起两根手指发誓。

“发誓得要竖起三根手指。”我看了一眼，差点翻白眼。

“哪三根手指？是大拇指、中指和小指吗？”

姜来很不协调地竖起三根手指，摆出一个奇怪的手势重新宣誓了一遍。

我看着他笑起来，姜来还是那个姜来，只是忽然之间，我们都一夜长大了，不，准确地说，应该是被吓大了。

● ● ● ●

回到青旅，我们平躺在床上，一夜宿醉，让我也神志不清。

“能平平安安地躺在床上睡觉，绝对是花钱也买不到的东西。”入睡前，姜来对我说了最后一句话。

我们俩睡了整整一天一夜。

飞城

Feicheng

我的梦，总是以旅行的方式进行，一座城市紧连着另外一座城市。

有时候，梦会把我们带到一个与现实的人生截然相异的时空里。

在那儿，你的性别、身份，乃至物种都发生了改变。

有人说，那只是毫无根据、不着边际的幻想，也有人则坚信那可能是以前的记忆，或是平行宇宙中的另一个自己。

• • • •

把最后一只飞蛾送走，我把火灭了。

山林里四处都是透明的风，肆意地在我的火前流窜。它们想把我的火偷走，而火，是唯一的火。

牧羊犬在我脚下，我用剩下的火苗点起了烟，用艾草做的烟，能辟邪。

“它们还在。我能闻到它们的气味，它们正在暗暗地观察。”牧羊犬抬起头对我说。

我抚摸了一下它光滑的毛发，轻轻拍了拍它的脑袋，示意它安静下来。

我从腰间里掏出一把手枪，手枪是用兽骨做的，灰白色，很轻，枪膛填充满了子弹，子弹是一颗颗金色的舍利子。

我走出了被火圈定的土地。山林中有徘徊不前的狼兽在游荡，它们躲藏在树的背后，像蜘蛛一样。拥有八只眼睛的狼兽正死死地看着我。

牧羊犬会把碍事、挡在我面前的年幼的狼兽吃掉，一口一个，被吃掉的狼兽没有表情，没有知觉。“那就被吃掉吧”，也许它们是这样子想的。

我叫牧羊犬不要吃太多，会撑。

它把骨头吐出来，我捡起了一些，组装了一下，又做了一把手枪。

• • • •

我们在狩猎，猎杀以飞蛾为食的狼兽，而一个很狡猾的人，也在我们附近，他和我一样也在狩猎，但他只想捕猎我。

他在这里已经很久了，和我一样久。

我知道他此刻也在看着我，我的双眼能穿透黑暗，看到别人的目光，一丁点儿从星光中坠落的光，我都能看见。

夜晚，有一个营地生起了烟，是火。

我们快速地往山地里奔跑，一路的野兽被吓得鸡飞狗跳。

“不能再让他给跑了。”牧羊犬对我说。

在我们到了之后，火灭了。我摸了一下灰烬，还有余温，应该还没走多远，他就在附近不远处。

狡猾的家伙，还把自己的脚印给藏了起来。

“你能闻到他的气味吗？”我问牧羊犬。

“不能，他没有留下气味。”

“糟糕。”

这是我的土地，我不能拱手相送。

我举起双手，把天上的星空撕裂。

太阳出来吧，把一切活在黑暗中的猎物烧死。

太阳就像一个挂在天空的喷火器，所照之处都点起了火。这把火，整整烧了三天三夜。

我和牧羊犬躲藏在山洞中，看着外面红火的光，它们时不时跳进来几团，我一脚把它们踩死。

• • • •

第四天，我把夜的帘幕拉上，星星又出现在天上。

我走到还在燃烧的火前，把火灭了。

他应该都不在了吧。

“我闻不到他的气味了。”牧羊犬说。

“你以为你能杀死我？”一直藏着的猎人居然出现在我面前，洞穴中，只看得到他模糊的身影。

牧羊犬咧开了嘴巴，露出了尖锐的牙齿，尾巴竖了起来，准备向前扑过去。

我扣动扳机，手枪里的子弹朝他的脑袋射过去，什么都没有发生。

空中传来了笑声。

我往他身上再射了两枪。

随后，他像烟一样散去，可恶的障眼法。

● ● ● ●

我抬头看着这片被烧焦的土地。

我分得清哪些是火烧的烟，哪些是死去的狼兽。

突然间，天空的星变得格外明亮。它们慢慢从暗到明，动了起来。

它们突然变成了一只只着火的飞蛾，向我扑过来。

它们在我身后不停地追赶，我带着牧羊犬跑起来，我感觉自己已经连续奔跑了好久，跳过了一座座山，越过了一面面悬崖，它们还是穷追不舍。

我朝它们开了几枪，它们轻易地躲过，又重新向我飞来。

我走不动了，回过头看着它们。

它们看我停下来，也停了，慢慢聚集，幻化成一个正在燃烧的人形，这个火一般的人向我走过来，我看不到他的脸孔，因为他由燃烧的飞蛾组成。

当它们距离我 5 米的时候，我用最后一颗子弹射中了它们的头，几只飞蛾死掉，落在地上变成灰烬，其他的飞蛾弥补被击穿的位置。

“原来，这才是真正的对手。”我对牧羊犬说。

它正在发抖，尾巴夹起来，躲在我的身后。

“来吧，来吧。”我举起双臂，迎接着它们。

“你不用再守护这片森林。因为，这里根本就没有森林。”

它们向我冲过来，和我合而为一，我被飞蛾所包裹，像一个茧。

我感觉自己无法呼吸，我用手把它们都赶走，可是，这没什么用。

当我快窒息的时候，飞蛾身上的火灭了，它们统统从空中掉落到地上。

我睁开眼，太阳正高高挂着，原来的森林已经消失不见，变成了一座无边的沙漠。

牧羊犬也化为一具被风化的骨骸，落在我身旁。

“我的森林，我的森林。”我看着这一切，跪了下来。

“我终于不用再保护你了。谢谢你，谢谢你。”

来自史晋的回复：

你们这一天的经历，借姜来的那句话“能平平安安地躺在床上，绝对是花钱也买不到的东西”——这阵仗估计你也是第一次亲临吧，甚至到了梦里，仍然有种惊魂未定的感觉，整夜梦中都在打打杀杀。

不过令我没有想到的是，你居然能在姜来差点被伤到的危急时刻挺身而出——帅气、勇敢、义气……这些我觉得都不足以形容你当时的举动。这是一种在最后关头不得已而为之的坦然，就像在梦里，当你发现自己无法杀死它们时，你唯一能做的，就只是张开双臂去迎接它们。

心里的恐惧，通常会让一个人关上自己的心门，或是促使一个人想尽办法去克服它。这就像坚守着属于你的森林，并且狩猎入侵者的过程。而无论怎么做，都没办法真的解决掉它——除非你能坦然迎接它，走到恐惧中去，这时恐惧也不会就此消失，但你会从中成长起来。

这就如同你对这晚经历的感慨那样——我们都被吓大了。梦醒之时，你发现自己终于不用再守护这片森林了。你因为恐惧长大而一直藏身的梦里的那片森林，随着你醒来也烟消云散了。

长春
Changchun

2727 次列车，是从大连开往绥芬河的慢车，我们逃离辽宁省大连市，目标吉林省长春市。

整整一天一夜的梦，即使醒来，也还心有余悸。

姜来也有点心神恍惚，上车之前也忘记买“三件套”。

我们就像吃了迷魂药一样，迷迷糊糊地上了火车，当火车开动的时候，我们才松了一口气。

火车上，大连市区的景色从眼前慢慢滑过，我从乘务员的推车上买了一瓶咖啡，是甜腻的拿铁口味，我喝了几口就丢掉了。

“晚上 7 点才到长春呢。”我跟姜来说。

“为什么我们直接去长春，不去沈阳呢？我不是对你行程的安排有什么质疑，只是随口这么一说，反正你去哪里我就去哪里。”姜来小心翼翼地问我。

这个问题我有点难回答。没有人告诉我，环游中国到底是不是每一个城市和小镇都要走完，有些城市我觉得没什么意思，我就不想去。

沈阳就是其中一个我不想去的城市。

• • • •

我在上海交往的第一个女朋友是沈阳人，叫蒋蕾。长发披肩、身材高挑的她，为什么会看上我这种普通人，至今我也搞不懂。

我们在一起只有短短三个月，只接过一次吻，连爱都没有做过。有一天，她说她是一个性冷淡的人，我那时候其实搞不懂为什么会有人性冷淡。年轻的我，认为做爱就像给自己抠鼻子一样，特爽，如果不喜欢抠鼻子，那鼻子该多脏。为了对她表示尊重，我假惺惺地说，我也是性冷淡。说完，她给我亲了一口，唯一的一口。

她在商场护肤品柜台做售货员，每天都要打扮得漂漂亮亮地出门，我们不住在一起，但我们住得很近，只隔了两三个小区。

她工作的商场，是我每天上下班一定会经过的，大部分时候，我都会在商场门口等她下班，吃完夜宵，再送她回家。有时候，我会上她家坐一下，陪她看一会儿电影，然后回到自己家。当她轮休不用上班的时候，她会赖在我家里一整天，看我买的小说和 DVD。

只是，她大部分休息的时间都在我的工作日，我们基本上没有共同度过一个周末。我们用所剩无几的分分秒秒交换着不浓不淡的爱。

我觉得这样的关系也不错，彼此有空间和时间来面对各自的孤独。有需要，就互相抱着取暖。我们俩的关系，有点像两个无依无靠的乞丐，我们俩拥有的，就是一无所有。

她爱我吗？我爱她吗？我没太去想这个问题。我相信她也没有。

我们的分开，是因为她家人要她回沈阳相亲，据说是一个早就暗恋她很久的初中同学，现在是个小公司老板。她说她没什么印象，但她还是答应家人的要求，把上海的工作辞掉，只收拾了一箱行李。

带着多少东西来，就带着多少东西走，她说。

我把她送到机场，我们拥抱了一下。她妆容精致，身上还是那股化妆品柜台的高级香水味。

她让我不要想她，好好找个人在一起。

我说，如果我想你了，可以来沈阳找你吗？

她叹了一口气，像在惋惜，可是，不是对我，是对她自己。她说：最好不要，我们已经过了可以打扰彼此生活的年纪。

我不知道应该怎么回她这句清醒到极致的话，索性保持沉默。

她头也不回地走进安检口，然后从此消失在我生命里。

● ● ● ●

她离开后，我尝试给她打电话，可是她的电话早已是停机状态。其实，我也只是想问她近况如何。

有时候，我不确定她是不是一个真实的存在。她在我的生命中并没有留下什么痕迹，我翻遍家里，也没找到一根她的长头发，手机里残留的短信记录，也因为手机被偷一并消失。

“也许她觉得你没有什么利用价值，就离开了你。”姜来听我讲完这个不咸不淡的故事之后，说道。

“这就是我不想去沈阳的缘故。要是我真的一不小心撞见她，你说我该怎么办。”我说。

“世界这么大，你觉得有那么容易遇见吗？再说，都这么多年了，你肯定长残了，就算你记性再好，认出了她，她也未必还记得你。”

“其实我也不想念她。”

“那就对了。她抛弃了你，你也该放下她了。”

可是，当火车经过沈阳的时候，我还是忍不住往窗外张望。她到底住在哪一幢楼，生活过得怎样，是否已经结婚，是否已经生孩子并拥有幸福的家庭主妇的生活。

我忍不住虚构了她的人生。

正如我们彼此曾经虚构的时光。

• • • •

晚上 7 点，我们终于到达长春。晚上 7 点，太阳才刚刚降落在地平线，我们大口地呼吸着西伯利亚吹送过来的新鲜空气。

长春不大，并没有太多值得长时间逗留的景点，我们在长春不会待很长时间，所以我选择了一家离火车站只要坐两站公交车就能到达的青旅。

这家青旅在一个小区里面，找起来特别费劲。我们摸黑探索了一会儿才找到门牌号。

我们都饿了，可是一路走来，都没发现附近有什么吃的。

同住青旅的几个大学生告诉我们，他们刚吃完饭，还有一点剩菜，要是我们不嫌弃，从冰箱里拿出来在微波炉加热一下就可以吃了。

我和姜来一整天没吃东西，饿得快走不动了，便接受了他们的好意，毫不客气地狼吞虎咽，把汤汁都喝得一干二净。

饭后，姜来看着青旅里的几个大学生，想起我们在天津遇到的四个参加毕业旅行的小女孩。

“谢已，爆爆的老家就在长春。我有她手机号码，要不我们联系一下她吧。”姜来问我。

“我无所谓，但她也许还没从北京回长春吧。”我说。

“那可不一定，我们打个赌，要是她回长春了，你就得请我俩吃饭，要是她还没回，我就请你吃饭。”

“行，那你打电话吧。”

姜来拿起手机，拨打了爆爆的手机号码。趁他打电话之际，我回到房间收拾行李。

“姜来，别收拾了，跟我走吧。”姜来突然沉着脸走进房间对我说，脸上挂着一团漆黑的乌云。

“这么晚去哪里？爆爆回长春了？她要约我们吃夜宵吗？”我疑惑地问姜来。

“不是，我们都输了。”

“什么意思？”

“跟我走就是了。对了，换一身深色的衣服吧。”

我搞不懂为啥要换深色的衣服。换完衣服之后，他拉着我往外走。

夜色深沉，浓如墨水，姜来在路边叫了一辆出租车，告诉司机地址之后，姜来再也不说话。

姜来这副样子，是我从来没见过的，像沉浸在一个伤感的世界中不能自拔。

当看到目的地的时候，我一下子明白了。

我们来到了长春郊外的殡仪馆。

• • • •

当我们再次看到爆爆的时候，她已经是一具冰冷的遗体。戴着白头巾的爆爆爸爸一脸苍白地告诉我们，她前两天回长春的时候，在家门口遭遇车祸，意外身亡。

姜来从口袋里掏出 501 块钱递给爆爆妈妈。姜来突然的懂事，让我对他有点改观。他悄悄地告诉我，这是他刚从网上搜的关于葬礼的知识。

他不好意思地对爆爆妈妈说："阿姨，不好意思，因为消息突然，我们来不及买白信封，希望阿姨收下，节哀顺变。"

爆爆妈妈说道："年轻人，谢谢你们，有心了。我们家没那么多繁文缛节，一切从简。你们是我女儿的好朋友，随便找个地方坐下吧，追悼会快开始了。"

我们和爆爆的亲戚们坐在一块，他们身穿深黑色的衣服，庄严肃穆，即使出门前姜来让我换成深色的衣服，可是我们看起来还是格格不入。

这是我人生第一次参加别人的葬礼，我不太知道我要做什么。我正襟危坐，不敢乱动，也不敢说话。

姜来虽然四处乱看，可是他的身体和我一样僵硬着，生怕只要一动，关节与关节之间的摩擦就会破坏这庄严而哀伤的一幕。

追悼会没多久就开始了，爆爆爸爸主持。他在爆爆黑白遗照前，从口袋里掏出几页写满字的纸，隐忍地念着悼词，从家庭的琐事到去世前一刻，通过悼词认真地回顾爆爆短暂的一生。他好像整整念了有一个世纪那么长，让在场的每一个人，都重温了一遍爆爆的生平。

爆爆妈妈则一脸呆滞地坐在一旁，目光涣散，眼睛早已经哭肿了。

• • • •

当爆爆的遗体被推出来的时候，她身旁的白菊花开得格外灿烂，它们似乎都懂得生老病死，用自己最后的生命来送别爆爆。

爆爆的亲友一个接着一个走到爆爆遗体前，啜泣着鞠躬，爆爆妈妈也忍不住大声地哭起来，腿也站不稳，要别人搀扶着。

轮到我们的时候，我仔细地看了一眼爆爆，跟我在天津时遇见的她不一样，头发梳得整齐，烟熏妆也被入殓师卸掉，换成正常的妆容，她的身躯被白布覆盖着，看不出任何车祸的痕迹，脸目祥和，就像睡着的人一样。这时候的爆爆回归真实，她再也不需要夸张的妆容来掩饰自己。

我们深深地鞠了三个躬，爆爆爸爸也向我们鞠躬感谢。

结束后，戴着口罩的殡仪馆工作人员询问完遗体是否佩戴玉石首饰之后，便把爆爆的遗体送进了火化间。

我和姜来走出殡仪馆，天上只有零碎的几颗星星，我们坐上出租车回去。

姜来拿出手机，逐一通知另外三个女孩，她们在电话里哭得一塌糊涂。

没想到，那趟天津的毕业旅行，竟然是她们最后一次相聚。

● ● ● ●

我和爆爆，一面之缘，交情不深，她的去世我并没有太伤感，更多的只是可惜。

姜来和谁都自来熟的性格，在这个时候暴露出缺陷。太重感情，有时候未必是好事。他的眉目里有无限的伤感正在酝酿，像在酿造一缸黑色的酱油，只是味道是苦的。

“所以，我们的打赌，谁也没赢。”姜来突然对我说。车外的路灯打在他的脸上，忽明忽暗。

“你居然还有心思想这个。”我说。

“这样的旅程到底有什么意思，谢已。”说着说着，他突然哭出来，没想到，看似大大咧咧的姜来居然能憋这么久。可是，正如我无法安慰前女友蒋蕾一样，我不知道应该怎么回他这句没有标准答案的话，我依旧保持沉默。

我一手把他搂住，拥入怀里，他把脸深深地埋进我的肩膀，放肆地把整个黑夜哭了出来。这个场景有点尴尬，可是我也只能这样安慰他。

回到青旅，姜来哭累了，趴在床上就睡着了。

夜里，我习惯性地在半夜清醒，可是，没有冰箱，也没有冰水，更没有那盏赋予我“临床孤独”的小灯。什么都没有的夜里，我的清醒，更加有力。我回忆起姜来对我说的话，这样的旅程到底有什么意思。

原本我只是想逃离自己的家，逃离自己无法逃脱的梦境。可是，行走在路上，不过是从一个陷阱逃到了另一个陷阱。

很抱歉，姜来，我无法告诉你这趟旅程到底有什么意义，因为我和你一样，也在寻找着。

再城

Zaicheng

我的梦，总是以旅行的方式进行，一座城市紧连着另外一座城市。

“你最近过得怎么样？”蒋蕾问我，我们在一家咖啡厅里。

“你最近发福了，鱼尾纹爬满了全身。”我找不到合适的形容词来形容蒋蕾的脸。

“有你这样说话的吗？”她打了我一巴掌。

“告诉你，你这就是自作孽，不可活。”她补了一句。

服务员递来了咖啡，她拿起来就喝。

“你现在结婚了吗？”我问。

“你没看我肚子吗？三胞胎，一个公的，两个母的。”她指着自己的肚子，喊服务员来给她的咖啡续杯。

“你知道我为什么离开你吗，谢已？”她又喝了一杯咖啡，然后又续了一杯，她肚子里的孩子好像也要喝似的。

“因为你实在太糟糕。”她对着我说，然后把咖啡再次递给走过的服务员。

“你说，我到底哪里糟糕？”我问。

“哪里都糟糕，全部，就是每一个细胞。包括你第三根突出的肋骨。”她很耐心地解释给我听。

“我试过给你打电话，可是你没有接。”

“你知道为什么，可你为什么还要问。”她说。

“我想要你回答我。”

“我已经快 30 岁了，我不适合回答问题。”她扭过头。

“我今天经过沈阳，我好像看到了你。”

“我也看到了你。”

“谢谢你愿意见我。我也没想过能和你见面。这都多少年过去了。”

● ● ● ●

“你忘记我说的话了吗？”

我们突然站在大街上，大街人流涌动，有的人穿过我的身体走开。

“我没忘记，你让我不要来找你。可我真的没有。”

“你还是像以前一样缠着我。”她头也不回就走了。

我追上去，她却越走越远，我怎么也追不上她。

我发现，我弄丢了她。

不，是她抛弃了我，我从没有放弃她。

● ● ● ●

我明明已经不爱她了，为什么我还要哭。

还哭得那么厉害，像谁死去了一样。

对的，要么就是蒋蕾已经死去。

我出现在蒋蕾的灵堂，这里没有白菊花，只有铺满地的蒋蕾用过的化妆品，空盒子、空瓶子，全是空的，连棺材也是空的，里面没有人。只有蒋蕾的照片，黑白分明，挂在墙上。

两边坐的都是我不认识的人，他们到底是谁。

“你们凭什么把蒋蕾弄死。”我朝他们大喊。

他们没有回答我，就像一个个死人。

他们把我装进棺材里，然后盖上棺材盖，我听到钉子钻进木头的声音。

他们又把我抬起来，我在棺材里不停地晃动。

好一会儿，终于停了下来。

可是，我觉得我越来越热，我发现棺材开始冒烟了。我看不到光，可是我看到了烟，它们朝我的眼睛鼻子钻进来。

我呼吸到了火，我大喊救命、救命。

可是没有人来救我。

他们要把我烧死。我哭了起来。

我不要，我不要，蒋蕾，对不起，对不起。我错了，请你原谅我。可是，还是没人理我。

我想我要死了。我要被烧死了。

来自史晋的回复：

很抱歉，谢已，关于爆爆的离去。

有时候我会想，对于活着的人来说，一个人的死亡也是他给予所有人的最后的礼物。哪怕这个人和我们只是萍水相逢。而这个注定永远年轻的姑娘，当她离开这个世界之时，也为你在梦中做了一次向导，带你去了那个因着当年和女友在分离时的约定，成为“禁地”的地方。

死亡是最难参透的事情，是因为死亡如此真实而直白。就像你的这个梦，离去的人注定不会作答，活着的人却忍不住地一再发问——现实中死亡是不得不接受的真相，在心里埋葬一个人却是如此不易。亦如梦中你对前女友的发问甚至追问，而你想问的无非为什么会相遇？为什么要离开？其实，谁又不是这般执着呢？但凡有心有欲的人，谁不是想活个明白？至少，死也要死个明白……

心死容易，但欲望难灭。可最后呢，还是不得不接受，每一件事，包括我们自己在内，最终都只能以不了了之而结束。你还记得你在天津时为爆爆她们几个女孩儿做的事吧——你为她们主持了一个有着重要意义的毕业仪式，而反过来爆爆也借这一梦，引你走完了某个过往。

哈尔滨____

Ha'erbin

第二天醒来以后，姜来说，不想待在长春了。

我和他把行李收拾好之后，到火车站改签成下午到哈尔滨的火车票。

离出发还有几个小时，我说，我们要不到伪满皇宫看看，反正，来都来了。

姜来犹豫了一下，但还是听了我的。

我们上了公交，几站后就到达伪满皇宫。

说实话，伪满皇宫还不如某些区县政府大楼豪华，溥仪睡觉的房间，面积也比不上某些快捷酒店。可是，末代皇帝溥仪的伪皇宫，就像一部活生生的电视连续剧，每一个房间、每一张椅子桌子、每一个佛像，都和历史串联起来，溥仪的没落，就像拼图一样一块一块地呈现。

我们站在兴运门那座定格在晚 9 点 10 分的钟表下面，看到的不是钟表，不是时间，而是溥仪狼狈逃窜时一个朝代陨落的可悲。就像我们看到爆爆的遗体时，看到的不是死亡，不是意外，而是物是人非，是生老病死，是悲欢离合，是逝者如斯，是生死无常。

伪满皇宫的御用马场，姜来抚摸着一匹英俊潇洒的马，马儿很乖巧地一动不动，溥仪骑过的马的后代，看惯了人世间的热闹，已经见怪不怪。

他说这些马很可怜，一辈子只能被关在马厩，在无边无际的草原奔跑，对它们来说就是一个梦。

“很多人和马一样，一辈子从生到死，只能待在同一个地方。”我说。

“那你说，到底是人更可怜，还是马更可怜。”姜来继续抚摸着马儿，像在替马儿说话。

“都可怜，也都不可怜。我们如果只站在自己的角度去看别人，而不是站在他们的角度去看世界，我们只会做出单纯的判断。”

“我不懂你意思，你说话太深奥了。”

“你当过乞丐吗？”我问姜来。

“当然没有。”

“那你是不是觉得乞丐就一定过得很可怜。”

“那肯定，不然干吗当乞丐。”

• • • •

在灿烂的阳光下，我跟他讲起了我外公的故事。

小时候，外公相当于半个乞丐。

外公每天穿得脏兮兮的去各种垃圾站捡破铜烂铁，早上背着空袋子出门，晚上装得满满的回家，把一堆破烂堆得到处都是。回家之后，他会把收集回来的破烂细心整理，然后卖给回收站，赚到的钱全部交给我外婆。

那时候，外公已经七八十岁了，有四个儿女，其实他是衣食无忧的。小时候，我不懂外公干吗要捡破烂。放学回家看到他，我都会躲得远远的，不敢告诉同学他是我外公。

外公基本是半耳聋，老花眼也很严重，还有严重的哮喘，犯病的时候他会从口袋里掏出一盒装满白色粉末的咳嗽药，拿着一个小勺子，颤抖着舀一点放在嘴里含着。小时候无知，我还以为这就是传说中的吸毒，加上他每天捡垃圾太疲劳，一直瘦骨嶙峋，看上去像极了禁毒教育里面的吸毒犯。

因此，从小我就觉得他特别可怕，从来不主动接触他。而他那双遍布老人斑的手，无论什么时候看到都是脏兮兮的，以至于每次他伸手想要摸一下我脸蛋，我都会躲得远远的。

外婆从来不嫌弃他，亲戚家人也已经习惯外公的日常。有时候，外公看到我，心情好的时候还会给我几块钱当零花钱，对小时候的我来说，这已经是一笔巨款。可是，我依旧不敢亲近外公。外公就是家里一个奇怪的存在。

我妈说，外公有点精神失常，可是他一直没忘记要养家糊口照顾外婆。没有工作能力，也没有养老金的他，只好开始捡破烂为生，这一捡就是十几年。其实姨妈、舅舅等都会给外婆外公充足的生活费，可外公还是照样去捡垃圾，一年三百六十五日，风雨不变。

外婆拒绝了我妈这套说辞，她说外公一直很骄傲，这么大年纪了还能赚钱养外婆。她说外公从来没觉得捡破烂有什么羞耻的，反而觉得特别光荣。劳动最光荣，外婆原话是这样说的。

我上小学三年级的时候，外公去世。外婆成了家里最坚强的人，在送别外公的当天，她一个人把外公去世前收集的破烂整理好，全部卖给回收站。

外婆拄着扫把，看着终于一干二净的院子一动不动，感怀地说，外公照顾了她一辈子，终于可以休息了。

外婆没有伤心，反而特别释怀，甚至从她眼里，还能看到她和外公在一起时，艰难生活的岁月所留下的说不尽的幸福。

● ● ● ●

“别人眼里，会觉得我外公很可怜，这么老了还要捡破烂为生。长大后，站在外公的角度去想着这件事情，我才发现外公一点都不可怜。他也不需要别人的可怜。对他来说，能照顾一天外婆，那就是他一天的福气。捡破烂也罢，圈养也罢，没什么不同。”我说。

姜来松开手，停止抚摸马儿，他陷入一阵沉默，好一会儿才说话。

“你还记得爆爆说过，她也很想和我们一起环游中国吗？”姜来转过头问我。

“我当然记得。那是她和我们在火车站分别的时候说的。”我回答。

“最开始，我死皮赖脸地跟着你一起走，纯粹觉得好玩。经历了这两天的事情，我发现，这趟旅程，其实一点都不好玩，这个世界比我想象中还要残酷。可是，一路上遇到的人和事，不断地提醒我，一旦出发了，就要勇敢地走下去，即使不为自己，也要为爆爆。她这辈子没走过的路，我想，就让我自作多情地替她走下去吧。”

他说这话的时候，正午的阳光落在他滑落的泪珠上，并折射出晶莹透亮的光泽。

“人死不能复生，我们能做的也只有好好活着。”我深深地叹了一口气说。走出伪满皇宫的大门，回头看着这座昔日的宫殿，心里是说不清的滋味。

当我们离开其他城市的时候，我们还会有点眷恋，唯独长春，我们只有数不尽的落寞。我不知道，当年溥仪匆忙逃离长春的时候，是怎样的心态。

• • • •

下午 4 点，我们登上 Z113 次开往哈尔滨的列车。

这是一辆从海口开过来的列车，从海口到哈尔滨，近 4300 公里，我们坐的是最后一段路。

离开长春，跟长春有关的一切被抛诸脑后。人生需要在不断的舍与得之间蜿蜒前行。

火车经过长时间的运行，车厢内一片狼藉，可是窗外的世界，却越来越明朗。

东北肥沃的土地，种满了绿色的庄稼，一眼望去无边无际。风走过，就像一片波动的绿色大海。走在当中的人就像一艘艘迷航的小船，尽管我们大多能迷途知返。

偶尔看到有稻草人孤单地竖立在田中央，守护着无边的田野，是谁赋予它如此的勇敢和坚强，来抵挡这世界的凶残和贪婪。

一直生活在海边的姜来，看着这一切，也忘记了身边糟糕的车厢环境。透过脏兮兮的窗户，他发现了另外一片大海。

夕阳慢慢降临，璀璨的落日和无边的庄稼，组成了一首印象派的诗。行驶的火车，就是那个朗诵诗歌的人，在短短两个小时的车程里，对车上的人念了一遍又一遍，关于土地、关于生命、关于生死的诗。

我一直耐心地倾听着。

• • • •

哈尔滨火车站非常破败，看上去像一座日久失修的古堡，地面上的瓷砖也坑坑洼洼，拖着行李箱的旅人不停地在抱怨，曾经光芒万丈的东北名城，现在已经沦落到连一座火车站都无力修复的地步，让我有点吃惊。

姜来倒是觉得哈尔滨很有意思。

"没钱就没钱，修不起就不修，你还能咋地？东北人，这一点就是格外的霸气。"

姜来的话让我无力反驳，我身边的东北朋友，他们身上流淌的基因也确实是这样，爱怎样就怎样，情愿吃一个月泡面只为了买一个奢侈品包包，也多是他们。

这次，我订了一个在市中心的国际青旅，姜来很开心，因为走两步就到中央大街了。

踏上全国第一条商业步行街——哈尔滨中央大街，走在光滑整洁的面包石铺就的路上，看着两旁五光十色的俄式风情建筑，感觉像穿越到另外一个国度。

相对于青岛、大连、天津的浪漫欧式，哈尔滨的建筑和东北人一样，气势磅礴、摩登绝伦。巴洛克风格、哥特风格、拜占庭风格、折中主义风格，在这里争奇斗艳，即使是不同的风格，看上去依旧融洽，没有一幢楼显得格外突兀。在夜晚温柔的灯光下，它们就像一座座神圣的殿堂，慈光环绕，走过的旅人无一不被这无形的信仰折服。

这几天的旅程让我们有点疲惫，治愈心灵的创伤和肉体的枯竭，最好的方式就是吃一顿好的俄式西餐。

姜来曾经在国外留学，接受西餐绝对没有问题。他唯一担心的是，一碗罗宋汤会不会有脸盘那么大。

在有百年历史的华梅西餐厅坐下来之后，我们发现哈尔滨的西餐厅，无论价格和环境都特别东北味，实在厚道，也热闹非凡，忙碌的服务员点菜都是吆喝式的，餐具摆放也随意简单。如果不是头顶上浮夸的巴洛克水晶吊灯和金灿灿的浮雕装饰一直提醒着我，我还真以为这家老牌国营西餐厅其实就是个炼钢厂的大饭堂。

华梅西餐厅，要摆盘没摆盘，要环境没环境，可是厚道的价格和美味的食品，让已经两三天没好好吃东西的我俩，感受到了心灵和肉体上的双重满足。

用料十足的罗宋汤、香软可口的煎大马哈鱼、鲜嫩的罐焖牛肉，还有硬邦邦嚼也嚼不动的大列巴，都成了我们在哈尔滨第一个夜晚里最丰盛的记忆。

饭后，我们还在华梅西餐厅的正对面买了两根马迭尔冰棍，吃着冰棍，心里面的忧伤也暂时抛诸脑后。

● ● ● ●

穿过拥挤的人流，我们来到中央大街的尽头——防洪纪念塔。

这里人声鼎沸，跳广场舞的大妈大叔成群结队，小情侣在岸上的阶梯上打情骂俏，导游在吆喝着游人乘坐观光游船，岸沿还有拿着紫光灯专心捞田螺的人。而松花江对岸只有几盏微弱的灯，除此之外什么也没有，一条宽阔的松花江分割了两个世界，形成了鲜明的对比。

“我小时候一直以为松花蛋都是松花江产的。”我站在松花江的岸边，对姜来说。

“没想到你小时候居然这么蠢。”姜来笑话我。

“谁没有无知的过去。”

“上学的时候，看到书上说东北是雪的故乡，我曾经以为东北一年四季都在下雪。”我接着说。

“那这里应该住满雪人。”

“想想应该也很有意思。”

哈尔滨的夏天，夜幕 8 点多才降临。越往北走，时间和空间就越发奇特。我不知道未来的路上，还会遇到什么人、什么事情。

就像我面前的松花江，明明知道对岸有无数的风景等着我，可是黑夜就像一块横挂在真实和梦幻之间的巨大帘幕，我只能隐隐约约地偷窥。

曾经看过一篇讲述量子力学和现实世界关系的文章，量子力学家告诉我们，当我们主动去观察世界的时候，这个世界才会被定型，如果我们不去观察，这个世界就会有无数流动的可能性，而我们所能看到的只是众多可能性之中的一个。

我很喜欢这套解释，因为它出乎意料地证明了，我这一路上发生的故事。

和有信仰的人一样，我始终相信我自己的世界。我相信我自己看到的，自己感受到的，那些让我笑的、让我哭的、让我受伤的、让我无法自拔的，都是我的世界的一部分。

这个世界本来就是支离破碎的，我需要做的不过是把它拼凑起来。

● ● ● ●

“我们的生活跟上班族很像，他们坐公交地铁上班，我们坐长途火车，他们从家到公司，我们从一座城市到另外一座城市。”姜来把积累了好几天的脏衣服丢到收费洗衣机里面，按下开关，对刚从浴室出来的我说。

“能逃离一座城市，却不能逃离生活，多残酷啊。”我说。

“要是有人能给我们发薪水就好了。哎，你说，我们为什么不找人赞助我们的旅行。”

“谁会那么傻赞助你。再说，你这么能花钱，谁赞助你就等于间接破产。”我说。

我把我的衣服泡在水里，拿出洗衣皂搓洗起来，洗衣皂把清水变成浑浊的白色，我把水倒掉，重新加水搓洗起来。反复三次，我才把衣服洗干净。

姜来在洗衣机旁边若有所思，看他那样子肯定是在想什么鬼主意，和姜来旅行了这么长时间，我觉得我可以读懂他的心。

“也是哦，我们有手有脚，能自力更生，咱们不拉赞助，咱们自己赚旅费，你觉得怎么样？”

我有点诧异，不知道他从哪里蹦出来的点子。我的衣服已晾完，而姜来的脏衣服还在洗衣机的滚筒里。

“像你这种从来不缺钱的人，突然想到要赚钱，这真的是件很有趣的事情。难道，我在大连对你的教育成功了？”

“我一路上不是拍了很多照片吗？我们可以用来印点明信片，走到哪儿，卖到哪儿！”姜来很兴奋地说。

“你是嫌我们的行李还不够重吗？这主意够蠢的。”我摇摇头表示否定。

“那我们当陪游怎么样，我觉得这主意不错。”

“打住打住！你先告诉我，你为什么有这个想法？”

“陪游，这不是很正常的事情吗，在国外……”我打断了姜来的话。

“不不不，我是指，你为什么想要赚钱。我只想知道这个。”我走到姜来身边，看着他的眼。

有人说，如果你想让一个人说实话，你就盯着他的双眼看。

“你真想知道吗？”他一点都不害怕我的目光。

“是不是你家人发现你离家出走，切断你经济来源了？”我皱了皱眉头，很好奇地问。

浴室里已经没有别人，就剩下我们两个，洗衣机发出嘀嘀嘀的提示音，停止了工作，衣服已经洗干净了。周围只有水滴落在地面的声音，来自刚晾好的湿衣服。

他听完我说的话，只是翻了个白眼。

“当然不是，我只是……”他支支吾吾的。

“只是什么？”我朝姜来走近了一步，继续盯着他。

“你先答应我，我说了，你不能打我。”姜来躲过我的目光，回头打开洗衣机把衣服拿了出来。

“你别来电视剧那套，少废话，少假装晾衣服，你就告诉我，你是不是又惹什么事了。”

他叹了一口气，把衣服放回洗衣机，对我说了一句让我无比疑惑的话。

“不是我，是王之望。”

• • • •

我把姜来拉回房间，让他把事情一五一十地告诉我。

姜来果然是个不会撒谎的孩子，稍微一逼，就把所有事情都说了出来，他这种人只能当敢死队，绝不能当间谍。

自从姜来看到我在青岛给王之望寄明信片，他就一直对此事念念不忘。而我每到一座新城市，都会给王之望寄新的明信片，就更激发姜来对王之望的好奇了。

姜来就像一个小孩子，既好奇我们的关系，又嫉妒我对王之望这么好，这种争宠心，我原本以为只有 5 岁小孩子才会有，没想到 26 岁的姜来还会这样子。

于是，在我半夜睡觉的时候，他偷偷地打开我的手机，“盗取”了王之望的联络方式。一路上，姜来事无巨细地把我们的旅程分享给了王之望，而我完全不知情。

• • • •

“我特想知道为什么你会对一个快残疾的女孩这么好。我在想，你是不是喜欢她了？如果你喜欢她，那我更想知道我最好的朋友喜欢的女孩长什么样；要是你不喜欢她，那我更好奇你们的关系了。就这样聊着聊着，我和她成了‘好兄弟’，我发现她真是个很有趣的家伙，即使我从来没跟她见过面。可是，之望她还真是一个了不起的女汉子，身残志坚，噢，不不不，她还没到身残的地步……”

听到“好兄弟”这三个字的时候，我震惊得说不出话来。

“我跟你在一起这么久，你都没把我当好兄弟，你把一个女孩当好兄弟，还之望之望叫得那么亲切，为什么？”

“你先别纠结这个了。重要的是，之望她月底就要做截肢手术。可是做完手术，她就没有钱安装义肢了。她跟我说，她只能从青旅和义肢之间二选一，而她两者都舍不得。没有义肢，青旅无法打理；没有青旅，有了义肢也没意思。她啊，准备要卖掉自己的青旅了。”

我曾经想象的事情，没想到会这么快发生。难怪娇生惯养的姜来想要赚钱，大概是为了给王之望筹集资金，突然间我发现，我对姜来似乎一直存在某种看不见的偏见。

“王之望也是的，为什么不告诉我。”我对姜来叹息道。

“她就没打算告诉其他人。告诉你了，你又帮不上什么忙，除了象征性地寄几张明信片，你还能干点什么？你啊，只是无数过客中的一个。”姜来鄙视了我一眼，他把我和王之望的关系说得很透彻，准确地说，应该是把我和每一个人的关系都说得很透彻。

“我这个人就是这样子，有些人，我习惯装在心里，但平时从来不会去打扰。我跟王之望也确实没熟到无话不说的地步，我也帮不上什么忙。”我淡淡地说。

其实，无论是王之望、姜来，还是其他的朋友，我都一视同仁。

“于是，我看之望这么可怜，就买下了她的青旅。没想到青旅这么贵，都花了 30 万。”姜来突然笑着对我说。

我吃惊得说不出话来，我没想到姜来居然会干这种事情，从一个没见过的女孩那里花 30 万买一家从来没去过的青旅，这真是一个疯子才会干的事情！一分钟前我才对姜来印象改观，没想到他马上又被打回原形。

“我把青旅无偿租给了之望，她安装完义肢，就可以继续经营青旅，只要她愿意，可以随时从我这里买回去。”

我难以置信地看着姜来，继续目瞪口呆。

“我的钱花光了，现在已经是个穷光蛋了。”

我重新在头脑里梳理故事情节。

“所以，你才想到去赚钱。卖明信片？做陪游？我的天！”我对姜来说。

姜来傻乎乎地笑着：“谢已，你终于变聪明了。”

姜来从床上下来，准备往浴室方向走去，他记得自己的衣服还在洗衣机里。

“忘了告诉你，洗衣服的钱，我让前台记在你的账上。谢哥，谢谢你咯。在我家人还没给我钱之前，你先当我的小金库吧。嘿嘿。”姜来不要脸地甩下一句话就走了，剩下我一个人在房间里待着。

• • • •

趁姜来不在，我给王之望打了个电话。这是我第一次给王之望打电话。

王之望还是原来活泼的声音，她把她和姜来的故事复述了一遍，只不过是从她的角度，重新讲述他们如何认识。

她说：“有一天，我收到了个陌生的消息，说是谢已的朋友，想看看我的照片。我就很好奇，这人到底是谁。我回了句，先呈上你的裸照让老娘鉴定一下你到底是何方神圣。姜来发了只小狗翻过来露出肚皮的照片给我，笑得我都快抽筋了。然后我把自己的照片发给了他。从那以后，我和姜来像发神经一样聊起来了。”

“所以……你的青旅，真的卖给了他吗？”我问王之望。

王之望深呼吸了一口气，说：“其实，那天我不过是随口开个玩笑。我说，我没钱治病了，要不我把青旅卖给你吧。他回了句好的，把你银行账号发我吧。我以为他和我一样也是开玩笑，于是把账号发给他了。没多久我收到银行的短信，他真的把钱转给我了。我知道我不能随便要这笔钱，但想到手术和青旅，内心很挣扎。营业执照写的是我的名字，但他才是真正的老板。”

这事，只有姜来会干，我心想。

既然钱已经给了，王之望也确实需要钱做手术，他们二人之间的约定，我也不好说什么，毕竟，姜来花的是他自己的钱。

我让王之望好好保重身体，手术之后要好好休养。

王之望跟我说：“谢已，你们对我真好。记得替我好好感谢姜来。如果不是他，我都不知道未来该怎么办。没有双腿，没有青旅，哪一样都让我不堪忍受。也许，姜来在你眼里是个很不负责任的小屁孩，可是在我眼里，他其实是一个重情重义的家伙，像他这种大大咧咧的人，更需要你来照顾。你们的旅程还很漫长，如果你是我的好朋友，你可以答应我，好好照顾姜来吗？”

她说的话和赵里对我说的，一模一样。

我答应王之望我会做到的。说完，我把电话挂了。电话里，我没告诉王之望，姜来用全部的钱买了青旅，连旅费都没有了。

姜来回到房间，躺在床上继续玩手机，也许在跟王之望聊天。

我躺在床上，不断在想一个问题：姜来啊姜来，为什么这个世界上的人都这么宠爱你，为什么全世界的人都觉得我欠了你一样?

我真搞不懂。

第二天，我带着身无分文的姜来继续在哈尔滨探险。

姜来告诉我，之所以决定买下王之望的青旅，是因为爆爆的突然去世。

“人生苦短，那么多钱放在银行里，还不如给更需要的人用，记得之前你这么说过，现在我做到了。”他说。

于是，在离开长春的火车上，姜来用手机把银行账户里的钱都汇给了王之望，身上就剩下几十块零钱。

我明知故问地责怪他：“有没有让王之望写收条？青旅的营业执照为什么不做法人变更？有没有了解清楚青旅的负债情况？”

姜来一脸痴呆地看着我，告诉我没有。

“难道你就不担心自己的钱被王之望骗走吗？把钱捐给有需要的人是对，可是没有人会把全部家当捐给一个不相识的人吧。”我吓唬他说。

“骗就骗咯，反正我又不缺那点钱。下个月我爸妈给我汇生活费，我就有着落了。”姜来依旧很开心地向我解释。

“但我相信，之望不是那样的人。”他补充道。

其实，我也相信王之望不是那样的人，我只是很惊讶姜来的这种做法。

• • • •

今天的哈尔滨，阴沉沉的，雨水在空中慢慢酝酿。从中央大街走到圣索菲亚大教堂，也就十来分钟。阴天的教堂，更显肃穆。

教堂不大，老旧暗红的墙面营造出宏伟的氛围，一块块方正的清水红砖，通过层层叠叠打造出拜占庭风格的细节，立体感十足。

走进教堂，姜来哇地叫出声来，我也瞬间被折服。

里面的墙面已经褪去原来的色彩，露出斑驳的墙体，年代感十足。

几十米高的房顶上，透明的玻璃就像一扇扇通往天堂的大门，无论是否有信仰，来到这里的人，都会被神圣的气息所感染。

只可惜，经过了战火和岁月的洗礼，这里只剩下教堂的形，没有教堂的心。重新修复开放之后，里面没有一个十字架，也没有任何跟宗教有关的摆设，教堂的功能不复存在。

这里成了一座哈尔滨历史博物馆，展示着哈尔滨文史照片。相比那些老旧的照片，姜来更喜欢坐在正中央，看着人来人往。

他说，只要有人愿意来这里，这里的信仰就继续存在。我问姜来，难道你是信徒吗?

他说他什么教都不信。他只信自己。

● ● ● ●

从教堂走出来，天开始下起了小雨，我从便携小背包里拿出雨伞，姜来庞大的身躯和我一起挤在雨伞下。

“我都没钱买雨伞了，你就可怜可怜我吧。”他话刚说完，一辆公交车停到了我们的面前，没想到姜来把伞抢走，像只小老鼠一样钻进了车厢，我叹了口气，逐渐习惯了姜来的恶作剧。

从道里区坐公交车到道外区，我们来到了靖宇街，一下车就看到中华巴洛克建筑群。

时间好像在这里停止流淌，陈旧的建筑没有维护的痕迹，破落的墙身和腐朽的墙根交织在一起组成完美的历史见证。空气中渗透着历史的沉重的味道。

沿着靖宇街一直走，我们不经意地发现青旅介绍的张飞扒肉，这家已经有 30 多年历史的餐厅，已经成为哈尔滨人最爱的小吃，我们的午饭当然要在这里解决。

姜来已经破产，花我的钱时却一点都不手软，照样点了一桌子的菜。看起来很肥腻的扒肉其实非常嫩口，苏泊汤其实就是没有牛肉的罗宋汤，大大的猪蹄胶原蛋白充足且味道十足，配上大碗大碗的米饭，我们真心地爱上了张飞扒肉。

分量十足的张飞扒肉价格也非常公道，点了一桌子菜才花了不到 100 块钱。

我和姜来吃得心满意足，甚至觉得这里的苏泊汤比华梅西餐厅的红菜汤还要好吃。

“谢谢谢老板请客。嘿嘿。”姜来走出餐厅后对我说。

“你这种破产的人，一点危机感都没有，你就不怕我把你甩了流落街头吗？”我说。

“我不怕，因为我知道你绝对不是这样的人。”

“我好想知道你这种小白痴是如何活到 26 岁的。”

“我也不知道，命好呗。”姜来不要脸地说。

• • • •

午饭后，大雨来袭，我们快步走到松花江边，在临开船的最后一分钟，上了前往太阳岛的轮渡避雨。

白天，我们终于看到松花江两岸的真实面貌，原本漆黑一片的太阳岛，在白天终于露出了青葱的轮廓。在太阳岛的对岸，高楼大厦成群结队，像一个个守卫，守护着哈尔滨城。

连接两个世界的是两座桥梁：年龄过百闻名遐迩的滨州铁路桥以及新建的松花江特大桥。

两座桥，一新一旧，相隔只有几十米。

新桥由混凝土堆砌，采用中国铁路桥梁建设中最普遍采用的拱桥外形，毫无个性；老桥的桥墩由花岗岩镶面组成，桥身采用几何硬朗的线条，金属的桥身锈迹斑斑，从中能隐约看到横卧在轨道上已经发黑的枕木，百年的风霜雨打，让这座原本刚硬无比的桥变得温润。

就像很多人年轻的时候，总是自以为是，特立独行，饱经风霜之后，反而变得圆润可亲，淡定自如。

能把两座截然不同的桥平行建在一起，这需要巨大的包容心及勇气。

• • • •

经过短暂的航行，我们登上了太阳岛，雨水也逐渐变小。

太阳岛实际是个很无聊的小岛，跟每个城市里的中山公园、人民公园没有两样，只是本地市民休闲娱乐的场所。

幸好，这里多了几分市区里难得的安静。走在岛上，雨中湿润的惬意做伴，很容易会产生对城市生活的思考。我很羡慕哈尔滨的市民，逃离城市生活，只需要一张船票。

只是，被逃离的城市生活本身，到底是不是真的值得逃离，我无从而知。

热闹易得，安静难求。当我们走到太阳岛索道的时候，姜来吵着要上去坐。本来阴雨天就没什么值得看的风景，我不想浪费钱，便骗姜来说我没带那么多现金。

姜来没了钱，也就丧失了他与生俱来的霸道，哭丧着脸，依依不舍地离开索道，陪着我在太阳岛转了小半圈，回到了对岸的码头。

我们沿着河岸上的人行道往青旅的方向走，这时候雨越下越大，姜来使劲地和我挤在雨伞下面，看上去我们就像一对落魄的情侣。

我们不得不躲在一棵大树下，我的衣服已经湿透，风吹过来凉飕飕的，我只好紧紧贴着姜来取暖。

在岸边钓鱼的人，撑着巨大的伞，一动不动地等鱼上钩，江面异常平静，重重的雨水坠落在河面上，河面像是起了鸡皮疙瘩。

我和姜来安静地站在大树下面，一句话也没有说，各自张望着，偶尔有目光交错，然后很有默契地回到原来的位置。

多余的废话会把这片风景打碎，沉默不语就是对这场暴雨的致敬。

我不知道姜来是怎么想的，反正我是这样觉得的。

• • • •

大雨来得快，去得也快。雨停之后，我们登上了滨州铁路桥，桥上有很多人留下的不文明字刻，也有不少情侣留下的同心锁。

“我觉得，应该做个统计，留下同心锁的情侣到底还有多少对仍然在一起。”姜来说。

“这么无聊的事情，只有你有兴趣。”

“我只是想知道，这个世界天长地久到底还存不存在。”姜来拿起一把同心锁说道。

“你相信，就存在，不相信，就不存在，就像圣索菲亚大教堂里看不见摸不着的信仰。我觉得这个世界就这么简单。”我说。

姜来从口袋里掏出青旅的房间钥匙，在桥上的铁架上刻起字来。

“喂，这位不文明的市民，请你快停下来。”我对着姜来喊道，路过的人盯着我们，我觉得特别不好意思。

“你少废话，等我一下。”姜来说。

刻完字之后，姜来把我叫到他跟前，只见上面歪歪扭扭地刻着——我相信我们一定能环游中国，by 大方的姜来和抠门的谢已。

“有没有搞错，刻就刻了，为啥你大方，我抠门？”我尝试用手把字擦掉，可是一点用都没有，这家伙刻字的力气真大。

“谁让你刚才明明有钱，却假装没钱不让我坐索道！”姜来一只手搭在我的肩膀上，理直气壮地说。

“我是真的没钱。”我说这话的时候一点底气也没有，被他这么一说，我也㞞起来。

姜来把头凑近我，笑眯眯地对着我说：“你敢把钱包拿出来给我看看吗？谢已，撒谎的话可是会变小狗噢。”

我耸了下肩，把姜来的手甩掉，扭过头就走。

“我才没有你那么傻跟你玩这种游戏。”

“嘿嘿，我就知道你会这样子。”

姜来这家伙就是这样子，前一分钟令人怜悯，下一秒钟被人嫌弃。

哈尔滨的第三天，我们登上了被评为哈尔滨最美建筑的哈尔滨大剧院。马岩松先生设计的大剧院，坐落在哈尔滨江北珍贵的湿地上，大剧院像从湿地里长出的巨大的贝壳，洁白的外观在太阳底下闪闪发亮，美丽得不像话。如果里面有神仙，那应该是桑德罗·波提切利笔下的维纳斯。

只是很可惜，当天没有演出，我们只能在外面参观。我们走在蜿蜒向上的大剧院观光走道上，哈尔滨江北湿地的景色一览无遗。

走着走着，我的电话突然响起，是我在哈尔滨的好朋友刘大力。

• • • •

“喂，谢已，到哈尔滨没？”电话里头的他音量十足，每次跟他电话聊天，我都得把手机往耳朵外挪十厘米。

“到了，已经在这里玩两天了。”我说。

“你这小子到了也不告诉我，真不够义气。”

“像你这种日夜颠倒的广告人，哪有时间浪费在我这种闲人身上。看你天天忙得昏头昏脑的，我都不好意思打扰你。”

“这话说得，都把我当外人了。”

“别瞎扯，我们明天就走了，晚上你要是不加班的话，就一起吃个晚饭吧。”

“你们？你不是一个人出行吗？”

“晚上见面了再说吧。这可是一个长篇小说故事。”

“行，那就晚上 6 点在 ××× 路的 ××× 餐厅见吧。哪怕我公司今天倒闭，我也要请你吃一顿最地道的东北菜。”

“好，不见不散。”

姜来在我旁边，津津有味地听着我打电话。

“谢已，我很好奇，你这种拒人千里的性格，为什么哪里都有朋友呢？”

“我也很好奇，你这种自来熟的性格，为什么身边一个朋友也没有呢？”

“你别扯开话题，先回答我的问题。”

“你要是能回答我这个问题，我就回答你的问题。”

“不说拉倒。对了，晚上你朋友会请我们吃饭吧。嘿嘿。”姜来没钱的时候和有钱的时候一样厚颜无耻。

“切，你想请客你也请不起。”我不屑地说。

“走吧走吧。别再提我的伤心事了。”

• • • •

刘大力是我在上海认识的老朋友。曾经，他拥有着我们做梦都想要拥有的一切，之所以变成曾经，说起来也是一段坎坷的故事。

5 年前，年过 30 岁的他是著名 4A 广告公司的设计总监，年薪过 50 万。虽然无数花蝴蝶一直在他身边环绕，但他一直只痴迷那位比他更牛的女朋友。

他的女朋友，我们都叫她马驭姐。

之所以叫她马驭，并不是因为她姓马叫驭；之所以叫她姐，也不是因为她比我们年龄大。

国外名牌大学刚毕业的她，年轻貌美，管理着上市家族企业。刘大力年薪过50万，在我眼里是遥不可及的数字，但对马驭姐来说，连毛都算不上。

刘大力当年为了追她，费尽九牛二虎之力：包下上海外滩最好的餐厅请她吃烛光晚餐，在她楼下的花园一夜之间摆满鲜艳的玫瑰花，更不要说那些名贵的珠宝和名牌包包了。

要是普通女孩，早就哭得稀里哗啦地答应刘大力了，可是见多识广、追求者众多的马驭姐，对这些一点都不感冒。

过了好久，刘大力都快要放弃了，哭着问她到底怎样才答应的时候，马驭姐轻描淡写地说：你要是愿意在南京路步行街上，被我骑着走完整条步行街，我就答应你。

正常的男人听到这话，肯定觉得这女的疯了，恨不得给她一巴掌。可是，刘大力和马驭姐本来就不是正常人，刘大力二话没说答应了。

第二天，刘大力把她请到南京路。刘大力不知道从哪里弄来一套带着马头的衣服，四肢着地，扮成一匹马，为了让马驭姐坐得舒服，还在腰上放了一块鞍垫。

马驭姐一看差点笑出来，但她和刘大力都不是什么省油的灯，南京路上人来人往，她丝毫没有不好意思，真的坐了上去！

结果刘大力因为平时内耗过多腰力不胜，没走几步就倒在地上，给马驭姐来了个人仰马翻。

这么一闹，马驭姐也被他打动了，答应了他。后来，她跟我们说，大部分追她的富家子弟听她这么一说，马上打退堂鼓了，刘大力是唯一一个愿意这么做的男人，当然，也是最傻的那个。

可是，她还是担心自己的决定太过随意，她给了刘大力一个月的恋爱试用期。

这试用期，其实也只是马驭姐嘴上说说而已，不到一个月，她就和刘大力爱得死去活来，如胶似漆。

也是从那时候开始，我们都管她叫马驭姐。

• • • •

他们的故事，开头是童话，结尾却是悲剧。

来自哈尔滨的刘大力，三年前因为妈妈中风全身瘫痪，成了半植物人，父亲早已去世的他，不得不回到哈尔滨照顾母亲。

要管理家族企业的马驭姐，本身就是上海人，和刘大力一起回哈尔滨是绝对不可能的。

因为离开上海的事情，刘大力和马驭姐大吵了一架。手心手背都是肉，他两边都舍不得。最终，刘大力因为马驭姐的一句气话，最终决定离开上海回哈尔滨照顾妈妈。

马驭姐凶狠地说："刘大力！你要娶的女人，是我！不是你那中风瘫痪像一个死人的老妈妈！你要离开，你就别给我回来！"

马驭姐的占有欲，在最后一刻显得无比可怕，因为她知道一旦刘大力离开了上海，他这辈子就得要待在哈尔滨，直到他妈妈去世。

刘大力原本只觉得马驭姐是无理取闹，可是当他听到马驭姐对他妈妈的一连串侮辱后，终于忍无可忍。离开上海后，两个无比强势的人，顺理成章地分手了。

当我们以为，他们的故事就这样落下帷幕的时候，其实好戏才刚刚开始。

● ● ● ●

姜来和刘大力一起喝着哈尔滨啤酒，吃着正宗东北大盘菜。姜来听得津津有味的，连菜都没空吃。

“然后呢？大力哥和马驭姐发生了什么？别停下来啊，接着说啊。”姜来丝毫没有顾及一下刘大力的感受。

“说吧，没关系，我早放下她了。难得从别人嘴里听到自己的故事，感觉那根本不是自己的事情。”刘大力狠狠地给自己灌了一整瓶啤酒之后说。

我叹了口气，重新回到刘大力的世界。

之所以我记得那么清楚，是因为刘大力曾经无数次在苦闷的夜里向我诉说。

电话里的那头，跟我平时认识的刘大力，完全不是一个人，声音低沉、沮丧。

“刘大力和马驭姐分手之后，对她念念不忘。他不止一次想自己的妈妈早点解脱，然后回到上海和马驭姐继续共度人生。”

“我妈那样子，早已经是个活死人了。我只是想让她不要那么难受，早点上天陪我爸，对她来说也是件好事情。”刘大力补充道。

刘大力和植物人妈妈在家里耗了快一年。有一天，刘大力实在忍不住了，对着毫无知觉的妈妈爆发了。

“我就哭着跟我妈说：妈，我知道你很难受，可是我真的受够了这些日子。半夜帮你翻身，给你接屎接尿，我都忍了，每天把各种蔬菜水果和肉搅拌成泥喂你，我也忍了。可是，我唯一不能忍的就是那个被我抛弃的女孩。我每天都忍不住想她，我完全忍不住。”

刘大力说着说着，不知不觉已经喝完了五瓶啤酒，姜来又叫来五瓶啤酒。刘大力一看，说：“咱北方人都是一箱一箱地喝，来，服务员，给我来一箱。”

姜来大气地说：“没问题，今天让我陪你喝个够。”

● ● ● ●

结果，刘大力的妈妈也许听懂了刘大力的话，眼角流出两滴泪就断气了。刘大力冷静地亲眼看着自己的妈妈去世。自从他妈妈中风以来，他已经哭了无数次了，这一次他不想再哭了。

“你知道吗，那一天我是真的解脱了，我妈也一样。”刘大力插嘴说道。

刘大力迅速地办完了后事，下葬第二天便马不停蹄地带着疲累的身心回到了上海。刘大力和马驭姐断绝联系了快一年，但是，刘大力依然依依不舍。

回到上海之后，他打听到马驭姐已经结婚，儿子都有了。

她嫁给了一个 40 多岁的、货真价实的富二代，据说是她爸钦定的。

刘大力假借丧母之痛把马驭姐约出来，马驭姐思考了一下，答应了。

在一个周末的下午，他们在新天地某家咖啡店见面，那是他们以前最爱去的咖啡店，店里摆满了鲜花和绿植，看上去很浪漫。

马驭姐推着婴儿车进门，她一坐下，刘大力就盯着孩子看，他发现孩子跟自己长得特别像，同样的粗眉毛、高鼻子、左耳垂长、右耳垂圆，他差点以为这是幻觉，以为这就是他们俩的孩子。

刘大力带着疑惑问她为什么一声不响就结婚生子了。马驭姐没正眼看刘大力，忙着照顾孩子，冷淡地说：就是这么一回事，分手之后，我就结婚了，然后生孩子了。

刘大力是一个聪明人，他听出话里痴痴的怨恨，也听出了没说出口的话。可是，他的聪明用错了地方。

他趁着马驭姐不注意，偷偷拔了一根孩子的头发。

孩子的哭闹，加上气氛的不愉快，马驭姐很快就离开了。

刘大力马上拿着孩子的头发去做亲子鉴定。一个星期之后，鉴定机构给他出示了一份鉴定证明。

刘大力才是孩子的父亲。

• • • •

“你知道我为什么想到做亲子鉴定吗？父亲的直觉。我看着马驭姐的孩子，那笔挺的鼻子跟我长得一模一样。突然，孩子哭了，我跟她说，要不我来抱抱他哄哄他吧。就这么一抱，孩子马上止住了哭。然后，我就想这肯定是我的亲生的孩子！因为，他太久没看到自己的爸爸了。父子相认，有时候就只需要一个拥抱。”刘大力说。

刘大力带着证明跑到马驭姐家里去，那是陆家嘴最贵的楼盘，一套房子上亿，刘大力假装成快递员，躲过几重保安才到达她家。

打开门，马驭姐也惊呆了，他气冲冲地走进去，当着她和她丈夫的面把鉴定证明摔在地上。

马驭姐看都没看一眼。

她丈夫说："你以为我不知道吗，刘大力？"

"你知道？你知道还娶她？"刘大力生气地质问她丈夫，差点准备要动手。

她丈夫是个文质彬彬的商人，看上去很讲道理，似乎只要价格谈妥，什么话都好说。

他给刘大力递来了一根烟，刘大力用手把递过来的烟摔在地上，她丈夫愣了一下，然后给自己点起了烟。这时候孩子哭起来，马驭姐进去房间照看孩子。

剩下的时间，是属于两个男人之间的对话。

• • • •

"我来告诉你，为什么我要娶马驭姐。来，先坐下吧。"

马驭姐丈夫又给他递了一根烟，刘大力愣了一下还是接过了烟。马驭姐丈夫礼貌地给他点火，他拒绝了，一手抢过打火机，自己点了烟。

他坐下来，心里面想，我倒是要听听这个抢我女朋友还抢我孩子的浑蛋怎么狡辩。

“要不是我爸告诉我，如果我不结婚生孩子，就别指望接管家里的生意的时候，我是绝对不会碰马驭姐的。”他继续抽着烟，看着窗外外滩繁华的风景若有所思地说着。

“我家和马驭姐家是世交。我比马驭姐大 20 岁，我从小看着她长大。我对马驭姐，就像对待自己的妹妹一样，你们的故事马驭姐早就告诉过我。那时候我想，这小丫头终于能找到一个好归宿，不错。

“后来，你一个人丢下她回到哈尔滨。没多久，她就查出已经怀孕三个月了。她看到你没有回上海的意愿，就决定自己把孩子生下来。她不想告诉你，因为她恨你。她不想让你知道，她有了你的孩子。”

刘大力安静地听着，头不断往房间里面看，他想通过马驭姐的表情来判断他说的话是不是真的，只是房间里什么都没有。

“正好我有结婚的需求，我就跟马驭姐说，我来娶你吧，这样你就可以名正言顺地把孩子生下来。”

马驭姐的丈夫从沙发上站起来，走到刘大力的耳边，偷偷地说：“告诉你，我只喜欢男人。这事马驭姐也知道，可是她不介意。”

听到这话后，气冲冲的刘大力一下子变蒙了。

在他心里，这应该是一个撬墙脚的烂俗故事。他原来的设想是：要是她丈夫知道了这事，一定会跟她离婚，然后他就可以把他最爱的女人和孩子一起夺回来，噢，顺便还能让这个男人身败名裂。

没想到，这原本就是一出戏。

刘大力只不过是戏里面的一颗棋子。

• • • •

马驭姐的丈夫回到沙发上，坐直了身子，把烟掐掉，收起了刚才轻描淡写的表情，开始跟刘大力讨价还价：

“马驭姐早就对你死心了。你也别再想她了。我知道你对她还念念不忘。可是，这对她和孩子一点都不好。你知道吗？我们的儿子……”

“打住，什么我们的儿子，那明明是我的儿子！”刘大力义愤填膺地说。

“好，你的儿子。你看，你的儿子住着全上海最贵的房子，以后我还会让你的儿子上全上海最好的学校，长大之后，我还会送他出国留学，毕业之后，他就可以继承我现在的公司。现在，虽然他才一岁，但身价已经几十亿了，不是人民币，是美金。”

刘大力不知道说什么好。

“你想想，你能给马驭姐和儿子带来什么？说得不好听，就那么点薪水，在上海也只能算是高级的打工仔。买房子，也只能买到外环郊区的二手房，更别说一年学费就是二三十万的国际学校。刘大力，你不为自己着想，也为自己的儿子和马驭姐着想。”

马驭姐丈夫说话特别有磁性，刘大力想起了以前和马驭姐在一起的时候最常想的事情，不是马驭姐把他甩了，而是，他要是娶了马驭姐，他养得起吗？

先不要说养得起养不起，她家人这一关，他就没想好怎么过。他们在一起的两年，刘大力无数次地想跟马驭姐求婚，但是话到嘴边又收回来，他连自己那关都过不去，就甭说她家人了。

• • • •

“刘大力，我和马驭姐再怎么说已经是结发夫妻，虽然没有行夫妻之事，但有夫妻之名。我身为上市公司的董事长，不想看到自己的老婆跟其他男人有染。这是我和马驭姐的约定，也是对彼此的尊重。”马驭姐丈夫的语气越来越严肃，刘大力原本的嚣张怒气也全消。按他原话，那时候他觉得自己特别地矬。

“既然你知道了事实，那我们就开门见山，我也不想把话绕来绕去。作为孩子的亲生父亲，我尊重你。但是，事情闹大了，对谁都没有好处。这样子吧，只要你答应离开上海，离开马驭姐和孩子，不再回上海，我每年给你 100 万，直到你入土为安。”

刘大力继续往房间里面张望，孩子的哭声已经消失，但马驭姐一直没有出来。马驭姐是真的恨他了，直到现在都不想面对刘大力。

这丧权辱人的收买，刘大力应该义正词严地拒绝。刘大力沉默了好久，看着窗外繁华的上海的风景，他觉得他这辈子也给不了孩子这么好的条件，即使再爱马驭姐，也还是要为自己的孩子考虑。

他紧握着拳头，考虑再三，最终他选择了接受。

刘大力想不到更好的方法来解决这个问题。

事情闹大了，马驭姐更加不会原谅他，即使他们离婚了，他也不可能得到马驭姐，孩子即使不再跟着假父亲，也依旧是会跟着马驭姐的；把孩子从他们手中抢回来，那马驭姐怎么办，总不能让孩子在没有妈妈的环境里成长，这也不行。

偷偷地当孩子的隐形爸爸？做马驭姐的小三？一个堂堂正正的东北大男人怎么可以接受?!

最重要的是，马驭姐的丈夫除了能给他们母子幸福快乐的家庭，还能给孩子优越的生活，这一切刘大力都做不到。

• • • •

“你怎么能忍受马驭姐跟一个不爱她的人在一起？”姜来质问刘大力。

刘大力没有回答。

“因为，从一开始，刘大力就知道他和马驭姐没有未来。她跟谁在一起，最终都只是取决于利益的考虑。马驭姐和她老公都是精明的商人，在商人面前，爱情也能用价格来衡量。”我对姜来说。

刘大力继续喝着闷酒，说：“反正，我现在即使不干活，每年也能拿到 100 万，比开公司强多了？来，姜来，干了这杯。”

• • • •

从那之后，刘大力离开了上海，再也没有回去。

每年在孩子生日的那天，他的银行账户里都会出现一笔 100 万的汇款，他存了起来，一分钱都没有花。

回到哈尔滨，刘大力开了家小广告公司，重操旧业。我们一直保持着联系，一开始他经常让我帮他打听孩子的消息，可是，自从他和马驭姐分手，我和她也不再联系了。

后来，刘大力也借酒向我诉说过心中的苦闷，无非工作繁忙、公司人手不够、东北经济不景气等，再也没跟我提起马驭姐和孩子的事情。

• • • •

刘大力是个很能喝酒的东北大汉，可是今天在我们面前，他居然醉得不省人事。

他趴在桌子上，发出响亮的鼾声，原本壮实的身材现在已经消失，啤酒肚特别显眼，跟很多上了30岁的男人一样，被生活折磨得死去活来，满头都是细碎的白头发。

自从开了公司，他变得很忙碌，我们的联系也变得越来越少，我觉得，他只是借着工作麻醉自己而已。

我从不点破。

我没有喝酒，我是三个人中最清醒的。姜来酒量很好，刘大力喝醉了后，他还在一个人喝酒。

杯盘狼藉，桌上全是空啤酒瓶。

餐厅服务员早已见怪不怪。

我们想把刘大力送回家，可是刘大力已经不省人事，怎么问他都没反应，不知道他家地址的我们，只好把他带回青旅，给他开了一个房间。

在出租车上，姜来问我：“如果这事发生在你身上，你会怎么办？”

我说：“我想，我也只能和刘大力一样。”

“你们都是懦夫，呵呵。”姜来醉醺醺地指着我的脸，小声骂我。

我不想跟姜来解释，任由司机安静地把我们送回青旅。

我知道，在姜来的面前，我和刘大力都是懦夫。可是你知道吗，当一个懦夫，也需要勇气。

姜来，你现在还不懂，因为，你太勇敢了。

而勇敢的人最擅长打破框架，打破一切稳定的局面。

这样的人，从来都是危险的一分子。

睡城

Shuicheng

我的梦，总是以旅行的方式进行，一座城市紧连着另外一座城市。

23世纪，科学提高了生产力，人类不需要劳动，世界变得特别慵懒。

人类也不再需要睡眠，只需吃一颗小药片就可以保持清醒，原本睡眠的时间用来吃喝玩乐，或者创作已经泛滥的艺术品。

• • • •

我是这个世纪里面，唯一一个照常睡觉的人。

他们笑我是个上世纪的人。

我很羡慕，上世纪的人，他们日出而作日落而息的生活，真的很迷人。

白天忙碌的城市，一到晚上会随着人们的睡眠一起入睡，不像现在，白天和晚上根本没有区别。

科学提高了生产力，也解放了人类的欲望，人与人之间的欢爱成了一件特别落伍无趣的事情，机器人已经可以和我们认真地谈一段恋爱，更可以给我们提供无止境的欢愉。

张开双腿，电磁脉冲，肾上腺素，子宫和精液，润滑剂和电动马达，我们可以谈一场虚拟的恋爱，但快感不会欺骗人。

• • • •

有一天，几个机械警察突然把我从睡梦中抓走。

“你因为生产梦，不符合这个社会的设计原理，需要跟我走一趟。”

我被上了数码锁，只要一上锁，我就不能使用任何电子设备，不能打开门，不能坐交通工具，在这个社会等于成了残疾。

我被抓到警车上，警车以光速开离地球，在冥王星最底层的监狱里，他们审问我为什么要做梦。

我说我想抽根烟。

审问我的机械警察给另外一个机械警察使了个眼色，对方往我的中枢神经输入了一根香烟。

哎，连香烟都是虚拟的。

“你们虚构了我的罪名。”我拿着香烟抽了一口，指着他们说。香烟的口感很真实，已经没有任何东西是不可以模拟出来的。

对他们而言，我手上其实一根香烟都没有。

他们把我的虚拟香烟灭掉。

“告诉我，你到底梦见了什么。”他们掐住我脖子，把我撞到冥王星厚底的岩石上。

“轻点，你把我的记忆体撞坏了，难道要用你的海绵体来顶替吗？”

“你已经违反银河系法。来，把他带去清洗间。”

两个机械警察把我带到清洗间，清洗的不是我的肉体，而是我的记忆。

他们说，要把我的梦消灭，只要把我的记忆全部清洗干净，然后替换成无害的记忆就可以。

我问他们为什么这么害怕梦。

机械警察说，梦，只是人类的寓言，我们不做梦。

• • • •

他们把我的神经中枢锁定，我动不了。我被他们带到一个透明的玻璃缸面前，里面装满了绿色的神秘液体。

他们把我从上面丢下去。液体渗入我的每一个毛孔，从鼻孔、从嘴巴、从耳朵、从眼睛，凶猛地进入我的体内。他们应该是用纳米机器人，把我的每一个记忆更换成他们想要的。

我感觉自己的梦正逐一消失，连带我对现实的体验，痛的、快乐的，都没有了。

我记得他们在外面说的最后一句话。“恭喜你，我们又消灭了一个预言家。”

我嘴上没有动，但我心里面笑起来。

我早就梦到过自己会这样子。

• • • •

就在我的梦被彻底清洗掉之前，我忽然明白了这些机器的阴谋。

他们要用各种欲望的满足——性欲、情欲、食欲、控制欲，甚至求知欲来替换掉真正的人性。

到那时，有关人的一切就只剩下指标、参数、刺激量和反应水平，真正的人也就不存在了。

这也正是他们惧怕人们做梦的原因——当现实沦陷为欲望的领地时，睡梦就成了唯一清醒的庇护所。

现实中的“我”，早已成了“欲望”。

而此时，“我的梦”才是我作为人的本来的样子……

来自史晋的回复：

说实话，听你讲了刘大力的故事，我深深地感到惋惜，甚至有那么一阵，我多希望这个故事能在结尾的地方来个峰回路转——人本该在生老病死的自然面前虔诚一些，而不该让步于虚假的事物。但遗憾的是，这不是故事，而是现实。

但谢已，你知道吗，我有时会觉得，我们的生活是一场梦。而相比之下，夜晚的梦境才是真正的人生。就像“睡城”这个梦，虽然一切看似发生在子虚乌有的“未来”，但实际上，这已然是当前人类生活的写照。我们将那些虚妄的、并不真实的事物认作现实，向它们低头，甚至为此泯灭人性。相反，却把本属于人性的、天赋的以及心灵中与生俱来的看作幼稚的、不真实的梦幻。

就这一点来说，梦的确是真正的预言家。而且，这预言并非来自空想在未来的应验，而是一步步在旅途中一点点接近和到达的。无疑，在路上的你——谢已，就是那个以梦作为预言和指引，途经那一座座城却不做更多停留的人。

与此同时，恕我直言，如果有那么一天，当你发觉自己要向那个被许多人称为“现实”的东西低头时，你可以试着让自己反过来追随姜来——这个像梦一样的人。

漠河
Mohe

上海
2420KM

起床之后，我们发现刘大力早就退房了。打开手机，看到他的短信——

昨晚老子又喝多了，还好能爬起来，等会儿还要去见客户，谢谢你们昨晚的照顾。今天就没法送你们了，路上注意安全，什么时候再来哈尔滨，记得第一时间告诉我。

我还想等刘大力起床后好好跟他告别，只可惜没有这个机会了。这次分别之后，不知道什么时候才能再见面。

生命中，有些人突如其来，又莫名其妙地走，像爆爆，像刘大力，像马驭姐；也有一些人来了之后，就再也舍不得离开，就像姜来。

可我知道，生命这趟列车，总有人会提前下车，每个人的终点站，始终是孤独。

离开哈尔滨，我们都有点舍不得，哈尔滨绝对是一个值得再回来的城市。

姜来念念不忘华梅西餐厅、马迭尔冰棍、烤红肠、柏记水饺、老鼎丰冰糕、张飞扒肉、小鸡炖蘑菇等哈尔滨美食，十足的吃货。

我更期待冬天里的哈尔滨，冬天的哈尔滨，大雪纷飞，白茫茫一片的样子，定是一番纯洁的美。我想象自己穿着厚厚的羽绒服，踏着厚厚的雪，漫步在哈尔滨古旧的街道上，画面一定奇妙又滑稽。

“如果我们下次再来哈尔滨，一定要赶上大冬天。”我对着已经背上登山包的姜来说。

“嗯，我要去滨州铁路桥看看我留下的字还在不在。”姜来还记得他留下的小恶作剧。

“走吧，全国最不文明青年。”

• • • •

我们又回到了破破烂烂的哈尔滨火车站，一进候车室，外面就下起了倾盆大雨，候车室顶上的玻璃幕顶居然在漏水。候车室里的人狼狈不堪，纷纷躲起来，有的还撑起了伞，穿上了雨衣。

工作人员为了截留雨水，用沙堆把水围起来，雨水落在沙堆里成了一个个小池塘，在上千平方米的候车室里起码有十个小池塘。

我们找到一个干爽的地方躲雨，姜来趁着候车的时间，去小卖部买了一堆火车“三件套”，这次他又换了新的口味，用小本子继续记录着口味详情。

• • • •

坐上 K7039 次列车，雨水已经停了，窗外是湿漉漉的哈尔滨。

把行李放好之后，姜来迫不及待地躺在硬卧铺上休息，这是他人生中第一次坐卧铺。

我想起前不久，从徐州到青岛第一次睡卧铺的感觉，那是一种既兴奋又好奇的感觉。我躺在火车上，感受着轰隆的震动，绝对是其他交通工具无法比拟的。

看着姜来兴致勃勃的样子，我仿佛看到了过去的自己。只是他的身躯，相对于窄小的硬卧铺，还是有点格格不入。姜来艰难地翻了个身，脸上一脸恐慌。

他害怕会从火车上掉下来。我告诉姜来大可以放心睡，以他的身形，就算摔下来也不会重伤，更何况他睡的是中铺，而我睡的是上铺。

能上这趟列车也是侥幸，要不是我提前五天买到最后两张卧铺票，我们到漠河的行程就得推迟几天。

对姜来来说，在哈尔滨多待一个月肯定更加开心。可是，像我这种每天吃喝玩乐都靠吃老本的人，要尽可能地把行程安排得紧凑合适，既不会浪费时间，也不要浪费金钱。

• • • •

傍晚的列车一直往北行驶，我坐在过道的折叠椅子上，看着窗外的哈尔滨。经过呼兰区的时候，我打开了我的电子书，翻开了传奇女作家萧红的《呼兰河传》的最后一章。

这本书，自抵达哈尔滨的时候就开始看，离开哈尔滨的时候，我终于可以看完了。

萧红热切地看着哈尔滨城，和它一起长大，却把它写得那么冰冷刺骨，得受多大的痛苦，才能把这座城市的痛苦一一记录下来。

对我来说，阅读一本书，浏览一座城，本质上没有多大的差别。

前者是别人的故事，后者是我的故事。

前者故事留给后人，后者自我寻找故事。

饭点时候，车上热闹起来，卖杂货的、吃泡面的、聊天的、嗑瓜子的、喂奶的、上厕所的、看风景的，都是车上最鲜明的风景。

姜来闻到泡面味道，便起床和我一起吃晚饭，依旧是他最爱的“三件套”。

我不想吃泡面。于是，我花 15 块钱买了一盒火车便当。便当里的米饭还有余温，两块干巴巴的红烧排骨和一份炒土豆丝，再配了一小把酱萝卜，火车上的晚餐只能凑合着吃。

• • • •

列车缓慢经过了大庆，我看到了无数像啄木鸟一样的采油机成群结队、见缝插针地在高架桥下、街道两边、空地上、火车轨道边上、小区门口旁卖力地挖着石油。

挖出来的原油，沿着铺设的管道输送到远方的加工厂进行处理，变成成品油之后又被运送到全国各地，给汽车、轮船、飞机等使用。

我还记得，小学教材里铁人王进喜的故事。在老师的嘴里，大庆成了中国石油的故乡，是我们抵抗列强、自力更生的完美典范。

大庆，这个昔日只要打个洞就会喷出石油的地方，承载着无限辉煌。

可是，挖了几十年之后，石油枯竭成了无法避免的事情。

一路上我看到很多采油机已经停下来一动不动，更多的已经生锈，感觉已经被荒废了。

为了挖掘石油，人们采用注水的方式来提高产量，水并不会稀释原油，但石油正在稀释着这座北国名城。

豪华小区的旁边，多是无人的沼泽和荒草地。大城市和荒原，彼此与世无争，相依为命，把城市的形态回归到本质，落寞就成了常态。

火车在某个阴暗的角落和大庆分道扬镳，穿过夜色中的齐齐哈尔，继续往北行驶。车上的人逐渐回到卧铺上入睡，姜来玩着手机也睡着了，我帮他把被子盖好便去洗漱了。

回到卧铺，戴上耳塞和眼罩，火车变得无声无息。火车经过铁路轨道接口时，会产生巨大的震动，睡眠比较差的人会被晃醒，翻个身又继续入睡，如此反反复复，直到抵达目的地。

我喜欢这样动荡不安的夜晚。

• • • •

早上 7 点多，我们抵达中国最北的县城——漠河。清早的漠河很凉快，空气原始清新，大兴安岭的树木成片生长，往任何一个方向望去都是碧绿碧绿的。

漠河火车站虽小，但干净整洁，小站仿造巴洛克风格造型，有高大的钟塔顶和透亮的窗户。这里靠近俄罗斯，所以可以理解这种审美需求。

按照计划，我们应该先去北极村里的青旅报到。

结果一出站，一个穿着皮大衣的年轻女子走过来，问我们要不要一起拼车去玩，只要 300 块一个人，玩足两天，包酒店接送，现在已经有 4 个人，要是我们也愿意，可以马上出发。

拼车的意愿我是有的，但我想先去青旅放下行李再找拼车比较合适。年轻女子好像会读心术，猜出了我的想法，说："小帅哥，你们是住北极村的青旅吧。别犹豫了，还不如马上拼车去玩，行李先放车上，晚上再把你们送到青旅。快、好、省。我给你们俩便宜 50 块钱，两个人 500 块怎么样，别考虑太多了。"

姜来一脸无所谓的表情，还是未睡醒的状态，问他意见也是白问。

按部就班地沿着自己安排的行程旅行，当然最妥当不过，也是最安全的。

可是有时候，放弃自己的主动权，也未必是件坏事，甚至还会有额外收获。

• • • •

我们上了一辆 SUV，同行拼车的人还没从酒店出发，司机先把我们送到县城里的一家早点店吃早餐，坐在副驾位置的年轻女子很客气地让我们叫她"王姐"。

司机是我们行程的导游，也就是王姐的老公，姓赵。赵师傅皮肤黝黑，这是他天天开车到处跑的缘故。

到了早点店门口，王姐陪同我们一起进去，我以为王姐也是来吃早点，没想到她居然走进收银台为我们点餐。

王姐嬉皮笑脸地说："生活所迫，我们夫妻开了这个餐馆，平时我来打理，他去跑导游。小本生意，小本生意。来来来，小伙子随便点，我们家的现磨豆浆新鲜出炉，来一碗吧。"

我们点了两碗豆浆，几个肉包子。店里弥漫着浓烈的豆浆味，特别地厚实，肉包子的尺寸特别大，里面塞满了肉馅儿，新鲜滚烫，姜来吃了两个就吃不下去了，可见这家早点的厚道。

起初，我还担心这会不会是一家黑店，可是结账的时候，我们俩才花了 10 块钱。中间王姐还额外送了我们一碗咸豆花，可惜我这南方人吃不惯咸豆花，姜来独自霸占了整碗。

吃完早点，在店里继续等候。过了一会儿，赵师傅在门口吆喝我们上车。

7 座的 SUV 正好坐满。一对老夫妻，还有一对老大爷，他们鬓发苍苍，应该都已经退休了。出于尊老爱幼，我和姜来坐在最后一排，除了风景差了点，坐起来其实也还蛮舒适的。

• • • •

老夫妻来自北京，另外一对老大爷则来自沈阳。姜来是全车最年轻的，其次是我，赵师傅比我大两岁，刚过 30 岁，孩子已经上小学二年级了。

赵师傅开玩笑说："这车里面的年龄加起来，都超过300岁了，比统治时间最长的清朝还要长。”

老头老太太们一听，纷纷争论起来。老太太说，统治时间最长的怎么会是清朝，夏、商、周随便一个都四五百年；其中一个老大爷则摆出一副老知识分子的样子说，那些都是野史乱朝，真要算的话，还是得以朝代的完整性来定论，只有唐、明、清三朝最悠远。

他们笑着讨论，姜来趴在中排椅子上，像一个认真上课的小学生，听得聚精会神，一边听，还一边点头。

我对历史不甚了解，也不在乎到底谁的统治时间最长，这跟我一丁点关系都没有。

他们回过头来对我们说：“来来来，我们这些老家伙都是胡乱瞎扯，你们都是大学生，来评判一下，到底谁说得对。”

他们把目光聚集在我们身上，我一脸无辜，说谁对，都得罪人，更何况我一路只顾着看风景，根本没留意他们到底说了些什么。

姜来笑着说：“那还用说嘛，肯定是中华人民共和国的统治时间最长。”

四个老人家拍手赞扬，连声说好，一致觉得姜来的答案是最棒的，即使他们谈古论今，翻阅几千年华夏文明，也不及姜来这一句神来之语。

他们中的三个是光荣的党员，异口同声地说：这个年轻人真会说话，我敢说，哪个朝代都不可能像中华人民共和国一样永远长寿，中国共产党，万岁！

这话题从此一发而不可收，他们开始讨论中国共产党的丰功伟绩，从“四个现代化”到“三个代表”，从“反对修正主义”到“打倒美帝国主义”，从“建设新农村”到“科学发展观”，从“可持续发展”到“供给侧改革”，他们不停地说着我一点都不懂的词组。

我被动地接受老党员的教育，听得都快昏昏入睡，却发现姜来依旧像个小学生般在认真地听。没想到姜来偷偷地告诉我，其实他也什么都不懂，纯粹觉得这群老人家很可爱。

而我只想赶紧下车。

• • • •

离开县城，我们开进了大兴安岭的深处，云杉、落叶松、白桦等树木像复制粘贴般铺满了一座又一座的山，这里的树长得就跟东北人民一样，茁壮、高挺、魁梧，连性格也相似。尽管是夏天，可以想象每逢严冬来临，它们肯定是一副昂首挺立、无所畏惧的样子。

太阳慢慢升起来，透过车窗往外看，和稠密的森林形成强烈对比的是湛蓝的、万里无云的天空，那股深邃的蓝色就像凝聚了山魂，长时间地盯着它会把你的魂勾走，可每一个看过它的人，都心甘情愿地被它带到天上去。

漠河不是一个热门的旅游景点，路上来往的车辆很少，我们一路上畅通无阻，好像这座森林里面只有我们七个人。

开了快一个小时，导游带我们到了鄂温克族的驯鹿牧场，牧场不大，可是也要收门票。门票不贵，只要 20 块，这种私人的地方肯定不能用学生证买优惠票。

赵师傅告诉我们，拼车费不包括门票，购票自愿，不想去看的可以在车上等着。

老夫妻觉得驯鹿也没什么好看的，就待在车上了。

我们四个人买了票走了进去。

• • • •

一进去就看到一个巨大的鄂温克族帐篷，十来根松木长枝深深地扎在泥土里围成一圈，搭出圆锥外形，松木枝外面铺上一层防水帆布，再用几根松木把原来的防水帆布围起来加固。一个简单方便的帐篷，就是鄂温克族的家。

驯鹿的老人告诉我们，以前的帐篷夏天用桦树皮，冬天用鹿皮，冬暖夏凉，特别舒服。

我问为什么现在都用帆布了，他的回答出乎我的意料，他说这年头帆布比鹿皮树皮好使，鹿皮全都拿去卖了。

老人一边抽着烟斗，一边告诉我，鄂温克族是全国唯一一个饲养驯鹿的民族，现在只剩 3 万多人，99% 都进城里生活，只有不到 300 人还在放牧，而他就是其中一个。

他说，再过几年，走不动了，又会少一个了。他的话里没有伤感，也没有不舍，他早就料到了自己的身后事。

他和家人一起看管着上百只驯鹿，大部分驯鹿都在野外自由觅食，晚上太阳下山，桦皮桶一敲，咚咚咚咚，它们就会主动回家。

圈里留着几十只驯鹿用来给游客观赏，它们有着深褐色的皮毛，带着黑色或白色斑纹，在草地上懒洋洋地睡觉、发呆、打滚，一点都不怕人。幼年的驯鹿胆子还小，靠在妈妈身边，用水汪汪的大眼睛打量着过往的人，而它的妈妈早已经见怪不怪，即使你走到它身旁抚摸它，它也会无动于衷，懒得搭理。

公驯鹿的鹿角就像巨大的树丫，最大的公驯鹿有将近一米高，摸起来毛茸茸的，很舒服，但它们都不爱被人摸，只要你一碰它们就马上摇头晃脑，把脖子上的铃铛摇得叮当响。姜来被其中一只公驯鹿吓了一跳，连滚带翻地来到我旁边。

同行的两位老先生看到后大笑不止。驯鹿老人叼着烟斗，慢悠悠地走到公驯鹿旁边，抚摸着它圆圆的脑袋，套在脖子上的铃铛很快安静下来。

驯鹿老人说："不慌张，不慌张。它的性格啊，倔。你可以摸它身上任何部位，就是不能摸它的鹿角。凭着鹿角，别的鹿都得听它的。它特别骄傲。"

姜来听老人这样说，回到了驯鹿身旁，和老人一起安抚着其实很温顺的驯鹿。

我和姜来都是第一次亲近驯鹿，抚摸着它们粗粝的皮毛时，就像抚摸着自己的灵魂。人与野生动物之间的和谐信任，对鄂温克族人来说，就是上天赐予的最好的礼物。

这里安静的气氛，引得在车上等候得不耐烦的老夫妻也走了进来。老太太看着驯鹿瞬间少女心萌发，硬拉着老爷子一起和驯鹿合照，姜来主动充当摄影师，给他们在森林里留下了一张张回忆。

他们夫妻手牵着手摆出各种造型，老爷子说：你这 60 多岁的老太太就跟 18 岁的小女生一样。老太太笑笑不说话。

那一刻，我是相信这个世界是有爱情的。

牧场上的互动，也让我们和同行的四位老人家重新互相认识。

来自北京的老夫妻，老太太姓李，老爷子姓陶，在一起已经四十多年了，他们有两个女儿，一个叫陶芬，一个叫陶芳，寓意桃李芬芳。

另外一对老兄弟，无论身材和长相都很像，但其实只是结拜兄弟，一个姓张，一个姓钱，年龄和老夫妻差不多。

他们称呼我们小姜、小谢，我称呼他们老李、老陶、老张、老钱，加上赵师傅，我们就像一家人。

● ● ● ●

车上，大部分时候我都是安静的，作为一个擅长倾听的人，他们兴致勃勃的讨论我都不参与。更何况，他们的话题和我们都有着严重的代沟。

他们会聊自己的儿孙，我们的女朋友还没影；

他们会聊买哪只股票基金最赚钱，我们连工作收入也没有；

他们会聊去哪里投资房地产最划算，我们四海为家别说房子了；

姜来有时候会见缝插针地发表几句自己的意见，可是他这个没见过市面的年轻人，明显不懂老人家们的世界，还好他的自知之明与他的见识成反比。慢慢地，他也和我一样，只是作为一个倾听者，安静地聆听前面五个人的对话。

我觉得这样子其实更好，我们不需要附和别人的意见和想法。

不过，偷听他们的世界，也是我们了解世界的一种捷径。

就像这个世界上所有的痛，我们之所以能感知到，不是因为我们都亲身经历过，而是因为我们能从他人的嘴里、眼里、发丝里，看到、听到、感受到。

● ● ● ●

赵师傅说带我们去一个还没有名字的新景点。

走进去，是白桦林，一股白桦树的清香扑鼻而来。这股味道来自白桦树步道，步道是新建的，但还没全部建完，工人们抬着白桦木，把白桦木钉在预先铺设的支架上，成千上万的树干组成一条雪白的路。往里走两三百米，在小路的尽头，低头就可以看到滚滚的黑龙江蜿蜒流过。

在路边还有散发着香气的植物和叫不出名字的野花，我随手采了一束，居然有柠檬草的味道。姜来采了一把带回车上，车上瞬间载满香气。

我对姜来说，这地方应该取名“仙草径”，姜来骂我假文艺。

前往乌苏里浅滩的路上，赵师傅突然停了下来，叫我们带上自己的水壶水杯下车。他指着一个冒着水的铁管子说，这就是大兴安岭的无污染的山泉水，来尝尝。

老人家们争先恐后地取水，咕噜地喝起来，他们说这山泉水就是不一样，跟小时候喝的水一样甜。

我用随身携带的水杯也接了一杯，水无比冰冷，杯子外面瞬间凝结了水汽，喝一口，透心凉之余嘴里还有一股清澈的甜味。

姜来咕噜咕噜地喝了两大杯，大赞特赞，他说这是他喝过的最好喝的水。

喝完没多久，也许是喝冰泉水导致肚子着凉，他带着一包纸巾跑到森林深处，回来的时候，姜来的肚子明显瘦了一圈。我们一致认为这水够神奇，好喝，还能减肥。

姜来带着傻笑地说，这是他喝过的最可怕的水。

• • • •

千辛万苦，我们终于来到了中国最北的地方——位于北纬53° 33′ 42″、东经 123° 15′ 30″、海拔 287 米的乌苏里浅滩。

黑龙江把这片原始森林一半划分给中国，另一半划分给俄罗斯。

在岸边，界碑石的上面刻着象征着中国国旗的黄底大红星；红星下面则用黑色楷体，整整齐齐地标刻出经纬坐标，光荣地宣布中国的领土，不可侵犯。

除了界碑石，这里还有两块巨大的石碑，一块写着“北国擎天石”，另外一块写着“恭喜您，找到北啦！”，和界碑石的严肃形成强烈的反差。

车内气氛也因为大家都找到了北而变得其乐融融。

大家争相和石碑拍纪念照。

我一个人站在岸边，看着滚滚的江水从西往东流，黑龙江流过蒙古、中国、俄罗斯，最终在尼古拉耶夫斯克注入鄂霍次克海峡。每一条河流的终点都无比确定，正如我们的人生。

此时此刻，经历了半个多月的旅行，我的环游中国之旅也来到了第九座城市，终于找到了“北”。

姜来给老人家们拍完照片，来到我身边，呼吸着中俄两国上空清新的空气，他说他终于明白我为什么一定要来漠河了。

“因为找到了北，就找到了人生的方向吧。”他斩钉截铁地说。

他只对了前面的一半，我说：“你错了，找到北之后，身后的方向就只有向南。”

他说他理解不了，然后又捂着肚子飞快地跑到旁边的小木屋。那是一座盖在原始森林里的原始厕所，要不是上面大大地写着“厕所”二字，我还真以为这美丽的小木屋也是景点之一。

他在中国最北的厕所放下了一个人生的重担。

出来之后，他骄傲地说：“这绝对是我人生当中，最难以忘怀的一次大号，不是谁都有机会在中国的最北点留下一泡屎后大摇大摆地离开。”

• • • •

在乌苏里浅滩的东面，就是黑龙江第一湾。

沿着山，登上900多级的楼梯之后，黑龙江第一湾出现在眼前。我说过，我最讨厌爬山，登顶的第一反应不是“哇，好漂亮”，而是“我的天啊，累死了”。

姜来体力充沛，到山顶后兴奋地大喊，他以为能听到山间的回声，可惜实在太广阔，他什么都没有听到。

山顶的风刮得呼啸，那是来自俄罗斯的风，虽然我是短头发，我也觉得自己已经被吹得披头散发。

黑龙江在这里绕了个“U”字形的大拐弯，像一个巨大的绿色大马蹄铁，而马蹄中间的森林，属于俄罗斯。

站在山顶，看着山林被风吹动，漠河最壮观的景色就在眼前。

我们在山顶待了快半小时后，老人家们也陆陆续续地支着登山杖登顶了。

姜来在青岛也买了一根昂贵的登山杖，可是他压根用不着。

陶李两夫妻在山顶上“凹”起了造型，姜来成了他们的御用摄影师，无论他们摆什么姿势，想站在哪里拍，姜来都毫无怨言地被差使。他们看到姜来拍的照片连声说赞，说他拍得比专业摄影师还美。

姜来对他们说：“我从来没给我家人拍过合照，帮你们几个拍合照，让我有种家的温暖。”

说者无心，听者有意，那一刻对姜来的怜悯，就像来自西伯利亚的风，冷冽了一整座山丘。

● ● ● ●

下山后，赵师傅又送我们到北红村，按照赵师傅的话，这叫不慌不忙的紧凑，该去的地方都会带我们去。

北红村，全中国最北的村庄，没有被开发的处女地，保留着六七十年代东北的原始面貌。小村庄特别的小，只有 200 多人，村民沿着黑龙江盖了好几排房子，房子有新式的砖房，也有旧式木头房子，造型简单。水泥路上干净、整洁。走在安静无人的路上，特别舒服。

村的中间是北极镇北红小学，正值周末，学校里一个孩子也没有。

赵师傅告诉我们，小学里只有20来个学生，只教一到三年级。四年级，孩子们就要到县城里上学，因为村里生育率低，攒两年才能成立一个班。

我问，那村民们平时都靠什么为生。

赵师傅说，春天在村里种种菜，夏天上山采野生蓝莓、野蘑菇和药材，平时还可以到黑龙江上打鱼，只是现在鱼也特别少，特别难打，大部分壮丁都到县城打工去了，村里的都是留守儿童或者老人。

● ● ● ●

我走进了村里唯一一家小卖部，买了一堆零食当午餐，卖东西的大爷和几个大妈大婶慵懒地打着麻将，急忙地结账后又回到座位上继续“砌长城”。

出了小卖部，有个长得像俄罗斯人一样的男人向我们走过来，满脸络腮胡子，年轻高壮，他说他是俄罗斯和中国的混血，土生土长的东北人。

他说：“要拍照吗？拍照留念10块钱一次。”

我们笑着拒绝，他灰溜溜地走开，说我们不识货。

因为临近俄罗斯，北红村还有一座北红哨所。哨所是一座六角型的小楼，上面写着大大的“北红哨所”四个字，在哨所的正对面就是俄罗斯，可是对面除了森林，什么都没有。

路边一群鸭子嘎嘎叫着路过，中华田园犬在阴凉处打瞌睡，有老人坐在太阳底下晒太阳，村里的一切都是静逸安稳的。

赵师傅带我们到他朋友开的农家旅馆做客，旅馆不大，一共有四个房间，其中三个大房间用来招待客人，他们自家住最小的一间。

老人家们愉快地和客栈老板聊天，老板说村里 2004 年才通电话，2012 年国家电网才进来。在这之前，他们打电话都要到 200 多千米外的漠河，每天晚上只有几个小时有电力供应。

姜来问："那你们看到 2008 年的北京奥运会了吗？"

老板笑着说："我们以前只有除夕夜整晚有电，别说奥运，我们连电视都只能看中央一套。"

老陶说："现在这里人杰地灵，空气清新，有水有电有宽带还有 4G 网络，什么都不缺，慢慢把旅游搞起来，肯定火。现在的城市人都愿意花钱过农村生活。想当年，我们可是挤破头才能闯进北京城里。"

老板给我们递来热茶水，继续笑着说："承你贵言，承你贵言。"

• • • •

傍晚时分，我们终于来到今天行程的最后一站，北极村。北红村是地理意义上的最北，北极村则是旅游意义上的最北。

在这里，能看到对岸俄罗斯的伊格纳斯依诺村。村庄很小巧，房屋也明显比我们的洋气，全是精致的小木屋，在岸边还停了几艘小艇，这应该是俄罗斯人在黑龙江上的交通工具。

赵师傅先把四位老人家送到北极村的快捷酒店，然后又把我们送到青旅，我们终于可以自由活动了。

已是傍晚 6 点，太阳依旧灿烂，像下午两三点一样。我们在一家小饭店点了碗米粉随便吃吃，就开始在北极村里溜达了。这里虽然叫北极村，但其实已经是个旅游小镇，商业化严重，有“最北银行”“最北邮局”“最北哨所”“最北小学”“最北超市”，甚至还有里面空无一物的“最北法院”等，为了凸显这里的特色，北极村已经把“最北”二字用滥。

还好，这里还保留着自然的风景，原始森林和农家木屋相互依存，虽然已经看不到北红村的拖拉机和耕地，但这里的生活无疑更有活力。

• • • •

走在一片无名的草地上，姜来还发现了亮黄色的野生罂粟花，在蓝天绿草之间，有着纯洁的美好。

看着野罂粟花开得那么灿烂，我想起了在上海养的几盆小雏菊盆栽。在我离开上海之前，我把它们送给了邻居，邻居大妈特别高兴，嘴上一直说着很漂亮，张罗着该把它们放在哪里。她说会帮我好好照看房子，有什么事情会打我电话，让我放心去旅行。

把盆栽处理后，家里还剩下四条小金鱼。小金鱼在阳台的一个角落，养在圆柱形的缸里。一个老朋友说我家对面的大楼煞气很重，要养风水鱼来挡煞。我不是一个迷信的人，但养几条小鱼陪伴我也不是件坏事。夜深人静的时候，家里只有电动气泵发出的低沉的声响和水泡上升爆破的声音，这是生命的声音，很能催眠人。

临走之前的夜晚，我把它们放生了。

离开上海的早上，水电煤的总闸都关好之后，我回头看了一眼房子。这是这间房子最寂寞的时刻，不知道它习惯不习惯。

我们来到了北极广场，这里有一座奇怪的白色雕塑，雕塑下面是一张巨型的中国地图，刻有从北极村到中国各大城市的距离，我找到了上海，有 2420 千米，而到我的家乡广州，距离是 3410 千米。

我问姜来看到青岛了没有，他说："没有，我本来就不喜欢青岛，管它距离多少。"

"我记得小时候，每到新学期一定会有人穿着新衣服新鞋子来上课，他们那耀武扬威的嘴脸特别恶心。我每次都跟他们说，我不喜欢穿新鞋，硌脚，还是穿旧的舒服。你说不喜欢青岛，其实跟我那时候说不喜欢新鞋一样。"我说。

"要是我真喜欢青岛，就不跟你一起环游中国了。"姜来大摇大摆地走"出国"。

"我以前一直待在青岛，18 岁之前别说出国，连青岛都没离开过。18 岁后，我家人把我送到加拿大多伦多留学，那边好多中国人，走到哪里都能听到普通话和粤语。"姜来说。

"你知唔知我都识讲广东话。"姜来用不咸不淡的粤语说。

"这水平就少废话了，听着难受。所以，你也不喜欢多伦多吗？"我问。

“我喜欢啊，我现在还惦记着多伦多的粤菜，想想就流口水。你知道吗，好多香港的大厨移民到多伦多，所以多伦多的粤菜，是全北美洲最好吃的。毕竟，多伦多不是自己的家乡，粤菜也不是我的家乡菜，大学毕业以后我还是回到青岛了。我不喜欢青岛，可是除了回青岛，我也不知道自己还能去哪里。”姜来在“国外”继续游走。

“那你有没有想过，这次环游中国后你要到哪里去？回青岛吗？”

“我没想这么多，我们现在才走了中国的东北角，还有那么多地方没去，等我游完了，再决定吧。说不定，咱们中途会客死他乡，那就什么都不用烦了。”

“呸呸呸，胡说八道。我曾经想过，以后赚点钱，到一个山清水秀的小乡村买块地，自己盖间房，种地养鸡，暮鼓晨钟，过半隐居的生活。”

“你就舍得大上海的繁华吗？”

“舍得，没有舍不得的，反正我就一个人，去哪里生活，一样是生活。”

“那还不如一辈子环游下去，既然选择了奔波，就无所谓安稳。”

“可是，人啊总得有一个家，不只是用来遮风挡雨，也是为了让自己有清静独立的时光。”我感叹地说。

“谢已，你又嫌弃我了。你肯定又在嫌弃我太嘈，让你无法安安静静地旅行。”

“不，我现在已经习惯了，要是没有你在我耳边嗡嗡乱叫，也许我的旅程就没那么有意思了。”

“这话说得中听，嘿嘿。”姜来笑着说。

“在你还没还清你欠我的旅费之前，我可不会抛弃你。”我好笑地对着姜来说。

经过一个小商店，我们买了两大瓶野生蓝莓汁，这是大兴安岭的特产之一。每座城市好像都有它自己特别的饮品，例如青岛的青岛啤酒，北京的北冰洋汽水，哈尔滨的格瓦斯，来到漠河，便是野生蓝莓汁。

● ● ● ●

我们走到黑龙江的岸边，坐下来欣赏落日，到了晚上 10 点，太阳才正式下山。对岸的俄罗斯笼罩着落日的余晖，绿色的森林染成了红色，季节似乎一下子从夏季变成秋季。这是我们看到过的最北的落日，北极村的纬度，比姜来留学的多伦多还要高出 10 个纬度。

夏至刚过，北极村迎来了最漫长的白天。青旅的人告诉我，现在的北极村凌晨 2 点就天亮了，运气好的话，在夏至前后很可能会看到极光。

姜来喝着蓝莓汁，对我说：“要不我们碰碰运气。”

因为第二天的行程不赶，所以不急着回青旅，无妨碰碰运气。

太阳下山之后，漠河的夜晚变得特别的冷，还好我们都穿着长袖长裤，不然就成北极冰棍了。

周围的灯光也熄灭了，一片漆黑，万里无云的空中，只有密密麻麻的星星，没有月亮。黑龙江河水的声音依旧明快，除了我们，这里什么都没有。

天太黑，连手表也看不清，手机早就没有电了，我们都不知道几点了。

天空中没有丝毫极光的痕迹，我有点困，想要回去，姜来说，再等一会儿，再等一会儿，也许一会儿就出来了。

他说再等一会儿说了三次，事不过三，北极光要来的话，总该会来，不会来的话，怎么等都不会来。

我说我真困了，要回青旅了，你不走的话，我就自己回去。

姜来一听，马上拍拍屁股站起来，不情愿地跟我走了。

• • • •

漆黑的夜晚，点点星光指引着路，我们小心翼翼地沿着原路走回去。

我的方向感比较好，还记得路怎么走。

不过走到一个分叉路口，我分不清到底哪条路才是回去的路。突然，我看到分岔路口坐着一只野猫，野猫的瞳仁在星光下像两个发亮的灯泡，它喵了一声，姜来吓得大叫，野猫马上被吓跑。

姜来胆战心惊地说："我们不会迷路了吧，村子里会不会有野兽把我们叼走。"

我说："少废话，甭担心，村子里唯一的野兽就是家养的鸡鸭，它们怕你还差不多。"

我选择了其中一条路，径直地走下去。

“你确定这条是回去的路吗？”姜来问我。

“不确定。你要是后悔跟我走这条路，你可以选择另外一条。”

“不不不，我相信你，我怕黑，你走慢点，别走太快。”

姜来紧紧地拽住我的衣服，衣服都快被拽坏了。他时不时地抬头张望，看到天空依旧，又继续赶路。

我们不知道在森林里走了多久。

当我们走出森林的步道时，天已经亮了。

天空中麻雀开始飞翔，叽叽喳喳地叫起来，大地又恢复了生机。

回到青旅，已是凌晨 2 点，青旅里面的旅客早已睡着，我安静地洗漱完，发现姜来早已经躺在床上打呼噜了。

我躺在有点潮湿的床上，没一会儿就睡着了。

• • • •

早上 8 点，我们收拾好行李，等候赵师傅准时来接我们。今天的行程很简单，就是回漠河县城。

经过路边一处原始森林，赵师傅停车带我们走进了深山，里面没什么特别，全都是树。

赵师傅指着一棵被围起来的树说：“这是八万里大兴安岭里面唯一一棵西伯利亚红松，到现在为止，科学家也搞不明白它是怎么来的。它就是大兴安岭里的一个活生生的传说，我们都叫它飞来松。”

飞来松其貌不扬，放在森林里，一点都不起眼，可是仔细看，还是能看到它和其他树种的区别。

“这棵树应该很孤独吧，为什么不在它旁边多种几棵红松陪陪它呢？”姜来说。

“一旦多了，就没观赏价值了。正是因为它够孤独，才能吸引别人专程来看它。大家看的不是红松，是孤独的美。”我说。

“孤独有什么好欣赏的，回家照照镜子就知道什么是孤独了。”姜来不屑地说。

“连一棵树都可以这么孤独，何况人呢。”我说。

最后一个目的地，我们来到了九曲十八弯，这里依旧是个私人景点，只有一幢四面露天的塔楼，登上顶，额木尔河就在眼前，如横卧在地上的蓝色巨龙，向着南方奔走。这里的风景特别广阔。大兴安岭和九曲十八弯的原生态湿地茂密浓郁，在河旁还有看不到尽头的铁路，我们刚好看到一辆火车从森林中穿过，很快地，又消失在无边的森林里。

● ● ● ●

回到县城已是正午，我们决定吃一顿散伙饭来纪念我们这次短暂的旅途。

赵师傅带我们到一家特别地道的东北菜馆，点了一桌子的菜。东北菜分量很大，也非常可口。来到黑龙江之后，才发现东北菜原来这么好吃。

桌上，几位老人家七嘴八舌地关心起我们的旅途来。

李大妈说：“谢已这小伙子，有前途，北京医科大学毕业的高才生。旅行要注意安全啊。”

在北极村买门票的时候，李大妈看到了我的假学生证，以为我是北京医科大学的学生。

“难怪他看起来这么年轻，原来还是大学生，真不错。”一直很少开口的老张也竖起大拇指对我说。

我想跟他们解释一下，可是看他们把我夸得那么厉害，我也不好意思拆穿他们眼中的我。

姜来也来凑热闹，说：“对对对，谢已可厉害了，是全年级第一呢。妙手仁心，巧手回春。”

说完，老人家们纷纷说自己身体哪里不舒服，让我给他们诊断一下。

我笑着偷偷地把假学生证递给姜来，姜来一看，也忍不住笑了。

林麟送我这个假学生证，专业是泌尿科。

“谢已的专业帮不了各位，再说，他还没毕业，学的都是纸上功夫，你们就放过他吧。”

老人家们又把话题指向姜来，不停地问他是哪个学校毕业的、今年多大了、有没有女朋友等，就像相亲现场，逮住了一个对象就不放手。姜来很有耐心地笑着一一回答，只是回答得很敷衍，老人家们没多久就不再纠缠姜来了。

结账的时候，我想 AA 付款，结果他们不让我们掏一分钱。他们说，你们都是学生，好好读书，这一顿，我们来请。

我们很高兴地感谢他们，姜来更开心，因为他白白赚了一顿饭。在饭店门口，我们让赵师傅给我们拍照留念。

末了，李大妈走过来，语重心长地跟我说：“毕业以后，当一个好大夫，记得要处理好医患关系，医院不太平，注意安全，知道吗？还有，要是看到有女孩去医院堕胎，记得多劝劝。”

我点头应和，连声说好。

我们在漠河的行程，比预计提早了一天结束。我们在北极村订了两晚青旅，不可能为了住青旅再花上百块车钱回北极村。

早上离开青旅的时候，我们就把房退了。于是，我们在漠河县城随便找了家廉价旅馆。

• • • •

漠河县城很小，没什么特别好逛的地方，就只有一个松苑原始森林公园，这是唯一一片没有被 1987 年 5 月 6 日大兴安岭大火烧毁的森林，一路上看多了森林已经见怪不怪，觉得没什么好看的。

在松苑的旁边是五·六火灾纪念馆，当天没有开放，据说里面也没什么好看的东西。

只有两万多人口的漠河，干净整洁，马路宽敞，行走的路人和行驶的汽车都一样稀少。楼房不高，大多只有四五层楼，听赵师傅说，这里的房价很便宜，一千块钱不到一平方米，买一套房子，也不过十来万。

生活在这里的人不会理解，为什么有人会花成百上千万，在北上广深买房子。

这里的生活，是多么的美好。

漠河的白天属于游客，晚上才属于居民。晚饭后，我和姜来爬上了北极星广场，这是一座建在小山坡上的广场，可以俯览漠河县城。

笔直的道路，在北极星塔面前一直延伸，明亮的路灯，照耀了整座县城。北极星塔顶上的四角星，和天空中的北斗七星相互辉映，成了漠河县最崇高的存在。

广场上都是附近的居民，一家老小，在广场散步嬉戏。老式的电动玩具车闪着灯，唱出了快乐的童谣，小孩坐在上面慢慢驾驶。这场景，就像我回忆里的童年。

• • • •

我问姜来，你的童年是怎么样的。

他说，他的童年都是关于爷爷奶奶外公外婆的，父母在他很小的时候就离了婚，见面不多，爷爷奶奶外公外婆反而成了最亲的人。虽然他在几乎没有父母的环境中长大，但其实他过得更愉快。因为，他相当于有了两个爸爸，两个妈妈。

“爷爷奶奶外公外婆，他们四个就像一个组合，我给他们取了个名字，叫作‘四大金刚’。因为，他们就像寺庙前的守门金刚，一直都在默默地守护着我。你呢？你的童年应该过得很美好吧？”姜来问我。

“我和你一样，父母也离婚了，那时候，我才 3 岁。”

“所以你也和我一样，跟爷爷奶奶外公外婆一起生活吗？”姜来睁大眼睛看着我，好奇地问。

“不是。我 7 岁之前，跟我奶奶一起生活，爷爷在我出生之前就去世了。上了小学后，爸爸把我接走，带我到另外一座城市生活，跟他的新老婆一起生活。我被迫叫一个陌生女人妈妈。”

“那你过得也挺悲催的。我还好，爸妈再婚了，没带上我这个拖油瓶，我还挺感谢他们的。”

“所以，即使你跟‘四大金刚’一起生活，也比我强多了，毕竟，那也是自己的亲人。我每天看着另外一个女人和我爸在一起，怎么都觉得别扭。没有办法，这是他们的家，我只能低声下气，做个乖孩子、好学生。”

“家家有本难念的经。但总算知道，谢已，你和我是一路的人。”

“可我真不希望和你一路。世界上高速公路那么多，偏偏和你在独木桥上遇见。两个破碎家庭的孩子在一起，只能比谁过得更惨。”

“呸，我才不惨，起码我不用工作每个月都有花不完的钱。而你，嘿嘿嘿，还要苦逼地工作。”

“你别忘记，你还欠我一身债呢。你要再不还钱，我就一屁股坐你脸上，让你好好当一回优秀员工。”

“看来破碎家庭长大的你心里阴影面积真大，就跟漠河这夜晚一样。”

我们抬头看，天已经拉上了窗帘，窗帘上绣着一朵朵小星星。

“其实，我很少跟别人说起我的家庭，总觉得那并不是什么光荣的事。”我回过头看着姜来，淡淡地说。有些故事一说出口，就像把已经结痂的伤口再次撕开，鲜血直流。

“我也一样。要不是你问我，我也不会主动说。我一直把你当成我最好的朋友，对着最好的朋友应该畅所欲言，无话不说。你说是不是？”

“被你这么一说，我还蛮荣幸的。”我发自内心地说。

“你说，之望、赵里、小多、魏楠、刘大力他们现在怎么样了，过得还好吗？我突然也好想他们。”

“我也想他们。”我再次发自内心地说。

醉城

Zuicheng

我的梦，总是以旅行的方式进行，一座城市紧连着另外一座城市。

爱是件匪夷所思的事情，野子在一棵大树下躺着，大树长在一个山坡上，山坡上除了大树，什么都没有。

“好久没见你了，野子。你最近还好吗？”我问。

“一切很好，不缺烦恼。我在这里收割悲伤。这里的悲伤长得特别茂盛，你看，左边那一整片红的黄的绿的紫的，多美啊。这里的悲伤，能卖 80 块钱一斤。”野子把他随身携带的酒瓶拿出来，咕噜咕噜地喝了两口。

“来尝尝，这是悲伤酿成的酒。特别好喝，这是我自己酿的，别的地方可买不到。”野子把酒瓶递给我，我喝了一口，觉得这悲伤的味道真好，没有想象中那么苦。

“这酒不错，拿去卖的话，应该会有很多人抢着买。”我把酒瓶递给野子。

“谁会买悲伤酿的酒？”野子灌了一大口后说道。

“走，我带你去一个地方。你一定能把酒卖出去。”

“试试吧。”

话音刚落，我把他带到了一家人头攒动的酒馆。一个客人，摇摇晃晃地走过我的身旁，用醉醺醺的眼光看着我，又很快地扭过头，往前继续走。

“这里全是来买醉的人，无论你卖他们什么酒，他们都照单全收。”我对野子说。

● ● ● ●

“是来买酒还是来买醉？”一个黑着脸的老板面无表情地说。

“不，我们是来卖酒的。来，尝一下我的悲伤酒，你肯定从来没喝过。”野子说。

“能醉人吗？给我一瓶。”老板把一整瓶悲伤酒喝完。

“再来一瓶。”

“再来一瓶。”

他整整喝了三大瓶。喝完之后，他把整家酒馆的客人，都哭跑了。他说，这酒让他想起了这辈子遇到过的所有人，那滋味，太悲伤了。

随后，他把我们带到一个满是尘埃的房间，阳光穿过木屋顶的缝隙，懒懒的，趴在地上一动不动。

在光柱之下，是一处开得旺盛的小花丛，五颜六色，芳香扑鼻。仔细一看，会发现，这花的蕊是一张张老少男女的脸，他们有的在笑，有的在哭，仔细地看，还能看到他们细微的动作。

老板在房间里随手摘了一朵，用手甩了甩，那脸就没了，变成了一朵普通的花。

“这花叫望愁，把它加到酒里，酒醉之时就能梦见自己最想见的人。可是，它有副作用，那就是酒醒之后，最想见的人会被这花从记忆里偷走。”

“难怪这花蕊全是人的脸，怕是被这花给勾走的人吧。可是，跟我的酒有什么关系？”野子说。

老板偷偷一笑，把手背到身后，说：“这你就不懂了。喝了我的酒，能够消愁；可是，喝了你的酒，能把愁找回来。”

“你是想让人，一边忘记，一边记得。这生意，真不错。”我说。

“我的酒，也是很抢手的。只是，你的酒更胜一筹。看你也是爱酒之人，说吧，你这酒怎么卖，我要买够喝十个黑夜的量。”老板拿出一个有 99 串珠子的大算盘，准备好好算一账。

“我的库存只够供应一朵昙花盛开的量。”野子抚摸着一朵望愁说道。他把手指轻轻地探进望愁的蕊里，像在抚摸着谁的脸，我不经意地看到，花蕊里正是我的脸。

“这么少，那我的客人怎么办？”老板皱着眉头问。

“把你的酒和我的酒兑一下就好了，这不正合你意吗？反正，没有人想知道悲伤的味道。”

“好主意。你明天就把货拉过来，我先给你订金。来，拿着。”老板从兜里掏出一沓沓的钱。

“我不要钱，我只要这望愁花。”

“我的望愁花可是非卖品，就算你的酒再好，也未必值这个价。”老板被野子的话气得面目狰狞，收起刚拿出来的钱。

“十朵，我不多要。一、二、三、四、五、六、七、八、九、十，十朵。”野子指着十朵他挑选的花说。说实话，这些望愁花看起来特别普通，就像路边的无名野花，一辆马车碾过去也无人心疼。

老板看了一下，满丛的望愁花少了几朵也不是什么大问题，就让他带走了。

• • • •

野子带着望愁花回到家里，把家里所有的酒都给了一个黑脸人，剩余的十个空酒瓶，他自己留着，放在空荡荡的家中。

他把望愁花插在空酒瓶里，那曾经被酿造的时光，正好用来悼念，或者忘却，孤独的时候，他会温柔地轻吻望愁花蕊，像在轻吻着谁。

“我再也不可能酿酒了。”他看着这十朵望愁花，对我说。

“为什么？”

“你看，我有这么美丽的望愁花，现在的我太幸福了。只有足够悲伤，才能把悲伤酿成酒。”

我往窗外看，昔日茂盛的悲伤已经没了，金黄色的幸福在地平线上肆意滋长，又到了丰收的季节，只是，不再属于悲伤了。

“你可以卖别的。”

“卖啥？”

“卖你用幸福酿的酒，卖光之后，你就可以继续卖你的悲伤酒。”

“可是，如果我太幸福，一辈子都卖不完呢？”

我头也不回地走出门，把门关上之际，我对野子说："你就是个浑蛋。"

门关上后，野子也消失了。

我回到那座只有大树的山坡，除了大树，周围什么也没有。

就像我。

• • • •

梦再次转换回了最初的素净。

比起那些浮夸的现实，我清楚地知道，梦里的孤独和悲伤才是这个世界的真相。

我要代替野子，继续在心里让悲伤发酵，然后让自己醉在这酒里。

倘若醉得不省人事，我便就此造一个梦——梦里，我会去到一座座城，去体验去经历，也一定会有相遇，会有留恋，但绝不会就此停留。

因为不论是城本身还是城里的人，一旦我感受到陪伴、牵挂与不舍，这梦中的世界便就此终结了——因为在这旅程里，孤独才是唯一的路。

来自史晋的回复：

谢已，有时我真的有点担心，在你那颗孤独的心里，怎么能装得下那么多的悲伤？而这一梦，又恰恰给了一个不免令人胆寒的提醒——在心底沉得足够久，悲伤便会发酵，酝酿成为悲情的人生。

走过那么多地方——一座又一座的城，有没有谁真的能够进到你的心里和生活中，而不仅仅只是想念、回忆和牵挂……抑或正像是梦里那样，你找到了“望愁花”。每一次离别到来时，你都把它们掺进自己亲手酿制的悲情里——睡着时魂牵梦萦，醒来却忘在了脑后。

存在主义心理学将你的这种“孤独”定义为“存在性孤独”。当一个人看向心底时，会悲情地发现，人生而孤独，终其一生也必将如此。不得不说，这是一种深刻的洞见，足以令人远离一切虚荣和浮夸的现实。

但与此同时，你要小心这种孤独，小心梦中那个只有你自己以及一棵孤树为伴的山坡——无论是悲伤还是孤独，抑或兼而有之，一个梦在心底做得久了，就再也醒不了了。

（未完待续）